U0081261

漣漪的夜晚

さざなみ のよる

木皿泉
KIZARA IZUMI

楊明綺 譯

台灣版作者序

年輕時的我（女方）總是很害怕被什麼龐大的東西吞沒。所謂龐大的東西，就是世間說的常識，一種不知不覺間，衆人默默認同的常規。

三十一歲那年，我辭去工作，成爲腳本家。不久，有部連續劇疑似抄襲我的得獎作品，於是我向法院提起訴訟。因爲是和電視臺打官司，所以不少人提醒我要是就此撕破臉，勢必影響日後工作，勸我打消念頭。某位權威人士還警告我要是這麼做的話，就別想在這圈子待下去。其實那時我已提出訴訟，所以很害怕，心想自己該不會就這樣被惡勢力擊潰；但實際走過一遭才明白，組織中並沒有權力大到凡事都能一手遮天的傢伙，這業界有各式各樣的人，有人鼓勵我、幫助我、給我工作機會。這圈子看起來十分強悍堅實，其實細看才發現它有著脆弱的一面。

就像高層大樓之類的建築物，雖然外觀看不太出來，其實細看就會發現牆面已經逐漸斑駁，留有反覆粉刷整修的痕跡。

人也一樣，也會變瘦變胖、變得滿臉皺紋，變得毛髮稀疏，外貌不可能永遠不變。情緒也是，也會有起伏不定的時候，我們只是努力不讓周遭人察覺而已。因為我們知道恣意發洩情緒，這社會便無法順利運作，只好選擇忍耐。

這本小說就是在寫人們如何接受這種無法表現出來的悲傷。

人生無常，沒有什麼是恆久不變的事物，也沒有永遠都會持續下去的東西。如同這本小說描述的，無論是家還是家人都會逐漸改變，互相羈絆地活下去。這一切是爲了什麼呢？爲了讓別人歡喜，也爲了讓自己歡喜。縱然人生縹緲，任誰都有瞬間閃耀的光輝，若您能從這本小說領悟到這一點，便是我莫大的榮幸。

木皿 泉

第1話

「她會叫我去死吧。」那須美心想。

已逝母親的高齡姊姊大老遠趕來，一進病房就大喊：「那須美！」小跑步地走向她，「哇」地一聲，掩面慟哭。

「小鷹她什麼都沒告訴我！」

看來她對沒被告知外甥女罹癌一事很生氣，不停埋怨。那須美心想，姊姊鷹子之所以告知阿姨，想必是自己的病情不樂觀吧。

妹妹月美私下都叫她「臭蟲」阿姨。父親過世後不久，母親也撒手人寰，留下當時是高中生的鷹子、就讀國中的那須美，以及還是小學生的月美，與三姊妹同住的還有親戚——笑子姑婆。家中頓失支柱，不僅被附近國中生笑稱是冒牌超商的便利商店「富士Family」經營不下去，當然也顧不上家事，無論是廚房、客廳還是玄關，都沒辦法像母親生前那樣打掃得一塵不染，三姊妹就這樣渾噩度日。

來探望她們的阿姨一進門便大剌剌地打開所有房門，皺眉說著：「哇！好臭！」、「活像臭蟲被踩扁後發出來的氣味！」三姊妹想像不出臭蟲是什麼模樣，只能想像大概和阿姨一樣有張抹上白粉的慘白臉，並且總是戴著一頂紫色帽子吧。每次阿姨一湊近，就會嗅到她身上那股古早化妝品特有的刺鼻味。這味道在家裡飄散之際，笑子可能覺得尷尬吧，總是像貓一樣不知躲到哪兒去。待阿姨離去，味道消失，家裡回復原本的氣味時，她才不知不覺地現身廚房，若無其事地做家事。

前來探病的阿姨一邊散發那股刺鼻味，一邊拿出從大阪買來的布丁，勸那須美嚐嚐。這份特地從大阪帶來的伴手禮外包裝是「食翻太郎」（大阪道頓堀老店的知名店招）頭上的紅白帽子，裡頭是一般布丁。沒有胃口，也沒氣力勉強吃幾口的那須美不好意思地說：「我等一下再吃。」

「我來餵妳吧。」阿姨說。

那須美心想：臭蟲幹嘛說出這種讓人想哭的話啊！臭蟲就是臭蟲，討厭的傢伙就是討厭的傢伙，自己恐怕到死都無法改變對她的成見吧。明明如此，但現在面對這些人，腦子裡只浮現「謝謝」字眼，這是怎麼回事啊？

那須美的丈夫日出男每天固定來陪妻子吃三餐，他總是不厭其煩地叮囑她要好好吃飯；那須美吃醫院提供的膳食，日出男吃自己帶來的便當。那個吃完後可以折疊收納，造型十分輕巧的便當盒是那須美買的。

她很喜歡聽丈夫用完餐後，扣緊便當盒時發出的清脆聲響，想起自己還很健康時，忙完工作後，捏扁喝光的啤酒空罐，或是有技巧地踩扁店裡的空紙箱；也沒來由地想起姊姊鷹子將切成一半的煎餅遞給她。

收妥便當盒的日出男就像個想趕快寫完功課，好和朋友去玩，急忙將鉛筆、橡皮擦塞進鉛筆盒的小學生，這模樣讓那須美莞爾，也心生感激，因爲她從沒想過每天重複的動作，竟然會如此療癒人心。

忘了是何時的事，兩人曾因爲日出男用烤魚網加熱炸豬排，結果不小心弄焦而大吵一架。當時覺得丈夫眞是多此一舉的那須美勃然大怒。

「幹嘛不用微波爐加熱啊！」、「這樣口感就不酥脆啦！」、「什麼酥脆口感！你是白癡嗎？燒焦的東西會致癌耶！」、「那妳就不要吃啊！」

其實那須美只是逞口舌之快，日出男一再辯稱自己只是想加熱食物，但她就是氣不過，結果逞強吃完被丈夫搞砸的炸豬排，心想致癌就致癌吧。咦？蠻好吃的嘛！那須美不禁莞爾，不明白自己到底在氣什麼，或許是因爲不順自己的意就抓狂吧。人生啊，本來就不可能盡如人意。這是生病後才明白的道理，所以很想告訴那時的自己，其實妳遠比自己想的還要幸福百倍。

我睡著了嗎？那須美睜開眼，病房裡空蕩蕩的沒半個人。外頭天色微亮，分不清是早晨還是傍晚；窗外的櫻花快凋謝了。從病床這裡看到枝椏上有三叢櫻花隨風搖曳，但處處已透著些許新綠氣息，看來櫻花的花期已近尾聲。也許下過雨吧。玻璃窗上沾著一片片櫻花花瓣，宛如大叔腳上的足袋啪噠啪噠地走向天際，這般光景讓她心生再活下去的念頭。

那須美一早醒來，覺得有點沮喪，感覺整個人沉甸甸的，喉嚨、關節和背部一帶很不舒服，心想對喔，自己還活著啊。其實一直都覺得渾身不舒服，但最近情況似乎更嚴重，也就讓她更感嘆自己怎麼還沒解脫。

那須美心想，死亡還眞像生產啊！雖然她沒生過孩子，卻覺得這種感覺很像陣痛，想生下來和痛得想放棄的念頭交互湧現。稍早之前，疼痛感還沒那麼頻繁，也能連著好幾天沒發作，讓她頓時心情開朗不少；但隨著最近疼痛頻率增加，掙扎著想活下去的同時，也不想再承受這樣的苦。

或許旁人看來，那須美總是靜靜地躺在病床上睡覺，殊不知她的心裡萬分煎熬，這種感覺就像陣痛，心情在一來一往之間也會麻痺吧。或許當自己逐漸適應，內心矛盾消失時，生命也將走到盡頭。那須美如此確信。

日出男應該每天都有顧店，雖然沒有口頭約定，但他不是那種遇到麻煩事就想撇得一乾二淨的人。要是找個人來兼差幫忙，應該還經營得下去。不知從何時開始，那須美再也無法想像自己和丈夫一起顧店的模樣；就連小國家有三姊妹一事，聽起來也像別人家的事，感覺自己什麼也不是，已無容身之處。

是什麼時候開始有了這種感覺？因爲知道自己時日無多嗎？不對，那時被醫師告知罹癌時，雖然深感絕望，卻還懷著一絲希望，只是擔心自己會不會就連搬卸貨物、顧店、簡單做個午餐，或是坐在副駕駛座上，跟著日出男去採買東西之類的事都做不了；但隨著療程進展，逐漸明白自己無法再做這些事了。

同住的姊姊鷹子提議回家療養，反正病床什麼的，相關照護用品都能租借；但那須美就是不願意，因爲從小幫忙顧店的她知道經營一家店，要忙的事多如牛毛。雖然責任感強的鷹子決定辭去百貨公司的工作，但沒理由讓錯過婚姻的她又捨棄工作，畢竟自己死後，鷹子的人生還要繼續走下去。

已經嫁人的月美每次回娘家都抱怨婆媳不和、日子難過，要是又得麻煩她照顧病重的姊姊，豈非讓她的婚姻生活雪上加霜，那須美一想到就心裡發毛。

笑子雖然沒說出口，但她因爲那須美生病一事，心情十分低落，只是勉強打起精神罷了。要是自己選擇在家裡嚥下最後一口氣，這對每天都得面對死亡的老人家來說是多麼痛苦啊。事到如今，那須美只希望維持家裡一直以來的微妙平衡感。

大家眞是溫柔得讓那須美想哭，好懷念他們使壞的樣子，所以自己只好試著使壞，但大家卻還是回以溫暖笑容，讓她察覺自己即將不久於人世。

雖然起初很氣自己怎麼還半死不活地躺在病床上，卻也慢慢體悟到老天爺賦予她的最後一個角色，就是扮演癌末患者，或許這樣子比較容易和周遭的人互動吧。

總之，現在的那須美就像電視劇裡常見的病人，就連菜鳥女護士的笑容也和電視劇演的一模一樣，儘管她並不願意這麼想，卻也只能抱著這般心情面對現在的情況，總覺得有一種在眾人協助下，努力演好一齣戲的感覺，畢竟不想再增添大家的困擾了。罹病後的她很清楚自己讓家人多麼傷神、痛苦，所以絲毫不敢奢望自己的心情能被理解，一心只想融入窗外景色，從這世上消失。

那須美在二十幾歲時前往東京。雖然老家的店位於能夠近距離眺望富士山的地方，但地處偏僻，根本沒什麼觀光客會來，有時一天只有三位客人上門，所以營收只能勉強餬口，架上堆著半年前進貨的東西更是司空見慣的事。整個小鎮死氣沉沉，在通往學校路上經營菸品店的老伯活像個擺飾似的坐在店門口，瞅著往來行人，這光景從那須美讀小學時就沒變。究竟是從何時開始發現這裡一片死寂的呢？明明電視劇的劇情一向跌宕起伏，自己的生活也該更有變化才是啊！那須美覺得生活在這裡的自己根本不是自己，厭煩這裡的一切。

某天，姊姊鷹子從銀行領出一百萬交給那須美，叫她去東京闖蕩，可能是擔心妹妹在這小地方待下去會愈來愈墮落吧。一再強調自己會努力撐住這家店。鷹子將裝著錢的紙袋塞進那須美手裡，要她放心去外地發展；明明那時忍住沒哭的那須美，後來在租住的東京公寓廚房吃著家裡經常做的燉煮南瓜時竟然落淚了。

那須美在便利商店工作。店裡的便當一旦過期就必須扔掉，再補上新鮮貨，顧客認爲這麼做理所當然。商品上架、消費者買單、沒賣出去的過期品就得下架，店頭經常擺放新商品；雖然生活貌似逐漸起了變化，其實日子還是換湯不換藥地一天天過去。時間這玩意兒彷彿不存在似的，無論工作多少個鐘頭，依舊很有活力；即便已經有點年紀，還是得裝年輕。明知自己隨著年歲漸增，體力不如以往，這是生物無法逃避的宿命，無奈喧囂城市不允許你如此。

當自己身上多了不少贅肉、肌肉鬆垮、行動變得笨拙，連掏個零錢都慢吞吞的，這才驚覺不變的是東京這地方。明明一切如此瞬息萬變，以驚人速度飛快塡補著，但誰都沒發現這一點，彷彿時間不存在似的，東京就是這樣的都市。

那須美得知自己罹病時，心想不能死在這裡，因爲她從醫院回家的路上，愕然發現路上行人都有明確的目的地。於是當她喃喃地向陪同看病的日出男表明自己不想死在東京時，他回答：「我陪妳去妳想去的地方吧。」那須美每每想起這件事，就覺得自己的人生挺美好的。

眼睛已經張不開了。那須美知道自己已經病重到連睜眼的氣力都沒有，倒是清楚聽到好幾個人在病床旁走動的腳步聲。她雖然沒睜眼，卻感覺得到護士們似乎將自己的病床移出四人病房，天花板上的日光燈猶如從電車窗外瞧見的電線般綿延不絕。那須美不時瞧見別在護士胸口的名牌搖晃著，卻無法讀出那些熟悉的文字，應該說，她連文字都已無法判別。

不過她明白一件事，那就是她再也不必扮演任何角色，因爲馬上就能見到年輕時拚命尋找、卻始終找不到的自己，在這世上擁有的一切也將被抹消，回到出生時那個皮膚光滑、身子柔軟，能夠塑形成任何東西的自己。對了，櫻花樹上的翠綠新芽，那是眞正的我嗎？

好像有人站在一旁，可惜已經無法認出是誰，反正也無所謂了。

那須美突然想起小學時的自己和鷹子。姊妹倆曾爲了輪流使用削鉛筆機而爭吵不休，後來母親索性各買一個，兩人卻還是經常爲這件事鬥嘴。

某天，鷹子說削鉛筆機很像水井，轉動的手把部分像吊桶，隨即拉出裝著鉛筆屑的塑膠盒，玩起汲水遊戲。那須美也不服輸的依樣畫葫蘆。兩人就這樣玩著玩著，爭論誰的水井比較深。那須美堅稱自己的削鉛筆機水井比較深，鷹子遂提議扔進石頭來比比看，還說要是誰先發出「啵」的聲音就輸了，表示水井比較淺。可想而知，那須美絕口不說，鷹子也是，結果直到吃晚餐、就寢前，甚至隔天早上起床，姊妹倆還是死撐著。

實在快忍不住的那須美問姊姊何時會開口，鷹子回道：「當然是妳先說，我才會說。」那須美生氣地回嘴：「除非我快死了，我才會說！」鷹子也一臉賭氣地表示那就看誰活得比較久。「哼！我一定會活得比妳久！」那須美氣不過地反駁。

姊姊，妳知道嗎？即將走到生命盡頭時，勝負什麼的都無所謂了。那須美想這麼告訴鷹子，無奈口乾舌燥，連開口說句話都很吃力；但她無論如何都想趁自己還有意識時說出那個字，也許不會有人聽到，但這是姊妹倆的約定。

「啵。」

那須美發現自己成了一顆石頭，從與鷹子賭氣那時開始，經過那麼漫長的時間終於落至井底。明明自己好想往上移動，卻不自覺地向下墜落。果然啊，感覺水面離自己好遠。現在總算抵達井底，不曉得水面上頭如何？雖然完全無法想像，但滑溜溜的自己即將突破這一切前行吧。

「啵。」

就在那須美即將失去意識的最後一刻，再次喃喃說道。這是連身處宇宙都能聽見的聲音。

第2話

莫非醫院的清晨來得特別早？明明才早上六點，便利商店的櫃臺前竟然大排長龍。想爲日出男買些食物的鷹子提著裝有飯糰、飲料的購物籃，排隊等待結帳。

昨晚九點左右，鷹子接到護士通知那須美病情急轉直下，想見病人最後一面的親友最好趕緊來醫院的電話後，日出男和笑子急忙驅車前往醫院，還順道載了月美，一行人抵達時已是十點多。

眾人想必很驚慌吧。因爲沒人察覺月美揹的不是包包，而是印著「負責清掃」的牌子。幸好那須美病情好轉，主治醫師也說暫時不會有生命危險；當日出男找車鑰匙，準備送上了年紀的笑子返家休息時，冷不防驚呼：「不會吧！妳怎麼揹著清掃的牌子跑來啊？」眾人不由得大笑。

月美原本想留下來，但在鷹子的勸說下，只好勉爲其難地和笑子一起搭日出男的車子回去，臨走前說了好幾次「明天我再過來」，像對待小貓咪似的輕撫著一動也不動的那須美的手。

其他人離去後，只剩下昏睡的那須美和鷹子。

「咦？」忽然驚呼一聲的鷹子以爲妹妹醒來，原來只是裝在她身上的機器發出規律聲響而已。

鷹子經歷過失去雙親的痛苦，大概知道之後會是什麼樣的情形，一大堆必須處理的事情有如暴風雨般襲來，還得應付許多親朋好友，家裡勢必一團亂，恐怕店也得暫時歇業吧。

鷹子打電話給日出男，告知那須美恐怕撐不下去後，隨即聯絡往來廠商，其實蔬菜和冷藏食品早已停止進貨。日出男說他會主動聯絡每天固定供貨的咖啡廳和餐館，雖然也沒幾家就是了。笑子的喪服八成塞在櫃子最裡面，變得皺巴巴的；但頑固如她一定會堅持穿上，還會爲這事起爭執吧。守靈用的坐墊夠用嗎？還得列出必須通知的親友名單。對了，遺照，當然是面帶笑容的照片比較好。許許多多瑣事在鷹子的腦子裡浮現又消失。

只要還活著，便無法完全停下腳步，親人去世時也是，必須逐一打理好每件事才行，讓她不免懷疑眞的會有人像連續劇裡演的那樣，成天只是沉浸於悲傷中嗎？

因爲日出男又回到醫院，於是鷹子說了句「我去休息一下」後，步出病房，總覺得自己繼續待在病房裡有點尷尬，還是讓他們夫妻倆一起度過僅剩的時光吧。早已過了熄燈時間，會客室的門扉也緊閉著。

鷹子搭乘電梯到一樓，癱坐在昏暗的候診室沙發上，閉著眼，腦中浮現的還是日後要處理的各種瑣事。應該是累了吧，就這樣沉沉睡著；一醒來，瞥見醫院裡的便利商店燈火通明，正準備營業。

記得昨晚聯絡日出男時，他正好在吃晚餐的樣子。鷹子想說買些吃的給他，便拿了飯糰和飲料，排隊等結帳時，瞥見書報架上擺著那須美經常買來看的最新一期漫畫雜誌。那須美很喜歡這本雜誌連載的漫畫《鐵拳制裁》，但鷹子完全不明白這故事哪裡有趣，粗獷的畫風，下巴尖到有點誇張的男主角，用大字體表現的誇張臺詞，完全不合她的口味；那須美卻說：「我是不怕死啦，但要是沒辦法繼續看這漫畫，眞的很不甘心啊！」

就在鷹子拿了那本雜誌放進購物籃，走回隊伍時，塞在口袋裡的手機震動，是日出男打來的電話。

「那須美的呼吸變得很不順，已經請主治醫師過來了。情況好像不太妙。」

日出男為了正確傳達，像是在玩傳話遊戲似的一字一句說著。鷹子回了句「知道了」便掛斷電話，趕緊掏錢結帳，抱著塑膠袋，腳步快到有點跟蹌地走過長廊。

回到方才還很安靜的病房，瞧見主治醫師和護士正在移除那須美身上的維生機器。站在房間角落看著這一幕的日出男發現鷹子回來，對她說：「小鷹，對不起。那須美好像走了。」

察覺鷹子在場的主治醫師神情嚴肅地說：「六點零八分過世。」

並向她深深行禮，護士們也是。鷹子趕緊伸手制止，鞠躬回禮。

「真的是剛剛才這樣。」

日出男一臉歉意地說。僅僅過了幾秒而已，要是不買雜誌的話，應該就能見到最後一面吧。我真是個笨蛋！鷹子覺得自己幹了件蠢事。

「有聯絡小月和阿姨嗎？」鷹子問日出男。

「嗯，察覺情況不妙時，我有通知她們。小月說她會搭計程車過來，姑婆說她在家等消息。」

「嗯，也是啦。這樣比較好。」

那須美拔管後，護士說要整理一下遺體，請鷹子他們離開病房。兩人坐在走廊上的長椅時，副護理長過來詢問家屬要將遺體送回家，還是通知葬儀社，直接運往靈堂，還說要是沒有認識的葬儀社，可以幫忙介紹。

鷹子想起笑子曾說要委託她認識的葬儀社處理，但不清楚是哪一家，所以決定還是先將遺體送回家。不過，用一般計程車運送大體是違法之事，所以向護理長要了葬儀社的電話，預約一輛靈車。日出男正將一些日用品塞進包包，準備隨時可以離開。只見他撩了一下因爲熬夜而有點蓬亂的頭髮，說要去買點喝的。

鷹子覺得大腿一帶熱熱的，一看原來手上還提著剛才在便利商店買的東西，想起裡頭有罐買給日出男的溫咖啡。鷹子怔怔地坐了一會兒，瞧見日出男空著手回來。

「要挑哪一張當遺照？」鷹子問，日出男開啓手機，搜尋照片。

只見他突然一時語塞的樣子，就這樣起身不知走去哪兒。鷹子心想自己心亂如麻，日出男肯定也還無法好好沉澱悲傷的情緒吧。

鷹子走進病房，瞧見由護士幫忙擦淨臉和身體、換上新睡衣的那須美靜靜躺著，脖子一帶還留著青紫微腫的點滴針痕，那是體內被硬是塞入什麼的痕跡。鷹子頓時有一種與其說是為她好，不如說是為了我們自己好過的歉疚感。

等月美來，就帶那須美回家吧。之後就是如怒濤襲來的忙亂時期。在這之前還有一件事要做，那就是唸在便利商店買的雜誌給那須美聽。

「嘩～嘩～正在燃燒，生命正在燃燒。噗咻～～一旦突破這裡會瞧見什麼呢？不知道。前進吧！沒錯，只能繼續前進了。我們只能繼續前進。噗咻、噗咻、噗咻。」

這是在描寫什麼啊？不看漫畫的鷹子完全無法理解，但她還是拚命唸著。曾聽說人是慢慢死去的，就算心臟停止跳動，耳朵還多少聽得到的樣子。鷹子邊唸邊哭，只有這段時間是爲了那須美而全心做一件事，倘若時間能停駐在這瞬間該有多好。

「噗咻～～」

鷹子用像在唱童謠的聲音，一字不漏地唸著。

第3話

鑽進被窩的月美輾轉難眠，耳畔依舊迴盪著插在那須美身上那一臺發出高分貝噪音的機器聲。一旁熟睡的丈夫、熟悉的燈罩，還有夫妻倆身上蓋的同款被單，明明是一如往常的夜晚，一切卻像是虛構出來似的。我眞的和這個人結婚，生活在這個家嗎？

那須美的病況穩定之後，先行返家的月美發現丈夫已經睡了，臥房內一片昏暗。飯廳的燈亮著，餐桌上散置著她出門前準備的晚餐，看來另一半絲毫沒有將空碗盤順手拿到流理臺的念頭；吃剩的菜餚也沒用保鮮膜包好，變得乾掉難吃。月美將剩菜倒掉，清洗沾著醬汁的器皿，順手清理流理臺，將浴室和洗手間的毛巾換新，收拾好垃圾後，忙到凌晨三點半才有空洗個熱水澡。

如此非常時期，枕邊人卻酣睡。雖說那須美是自己的親姊姊，對另一半來說卻是外人，所以就算聽聞小姨子病危，也能進入夢鄉吧。明知為這種事生氣很無謂，但還是無法釋懷，甚至心生厭惡。人家說「脾性相契的人才能結為夫婦」，原本也這麼認為的月美現在卻有著遭背叛的感覺。

早知如此，應該留在醫院守著那須美的。丈夫一副「是啊、是啊」感同身受的模樣，現在卻鼾聲如雷；雖然看著那須美插管受苦的模樣很難受，還是覺得待在醫院比較好。明明是自己的家，一切卻虛假得讓人作嘔。

月美聽著丈夫穩定的鼻息聲，心情更浮躁。這般規律的聲音也會有停止的一天，只是不知是何時。這世上根本不存在「沒事」這詞，不是嗎？

唵－啊日羅－馱羅嘛－紇哩庫－娑婆訶

月美突然想起笑子姑婆曾教過她們一句很像咒語的經文，說是千手觀音眞言，好像是「祈願衆生幸福」的意思。

那須美初次聽聞時，忿忿不平地說：「蛤？這麼說來，豈不是連我討厭的傢伙也過得很幸福，這樣公平嗎？」月美也有同感；自己討厭的傢伙就算了，要是連視我爲眼中釘的傢伙也過得很幸福，實在無法苟同。

雖說如此，那須美倒是先有所領悟的樣子，在月美抱怨婆婆苛待自己，「每天碎碎唸，跟唸經沒兩樣！」時，那須美說：「唸唸經文，心情就會輕鬆許多哦！」不過，月美卻不想祈願婆婆過得幸福。

「就當被騙唸唸看吧，沒想到我唸著、唸著，心就開了。」

那時這麼說的那須美第一次住院，順利動完了手術。已經出院的她吃著餅乾和麻糬，月美以爲姊姊已經完全康復了。

「要是我罹癌，肯定沒辦法像姊姊這麼樂觀。」月美說。

「總之，就試著唸出來吧。就算心裡不是這麼想也沒關係。反正唸的時候，心情就好多囉。」

那須美這番話實在很難說服妹妹，無奈也沒其他法子對抗來自婆婆的欺侮，只能照那須美的建議，把唸經當唱歌。不過，月美只要想到婆婆中樂透時，尖聲大笑的樣子就覺得一肚子火，實在唸不出口。

直到那須美第二次住院時，月美才唸出口。她萬萬沒想到那麼有活力的姊姊，體內的癌細胞竟然移轉到肺部。

「請神明保佑二姊！」

月美祈禱著，甚至覺得只要姊姊康復，婆婆過得幸福也無所謂。

請保佑討厭我的人也很幸福。要是這樣能救二姊的話，我會打從心底祈願那些人過得幸福。

唵－啊日羅－馱羅嘛－紇哩庫－娑婆訶

無論是洗衣服、刷洗流理臺，還是清除堵住浴室排水口的毛髮時，月美總是不斷唸著這句經文。

當她知道那須美的病情無法好轉時，就愈來愈少唸這句經文了。總覺得面對即將劃下生命句點的人，再怎麼向神祈願也沒用吧。要是自己身患絕症，肯定一蹶不振，了無生趣，終日恐懼死神逼近，不斷懊悔著要是當初這樣、當初那樣就好了。內心焦慮不安；但另一方面，也覺得就此結束人生好像也沒什麼不好，畢竟日復一日過著別人認爲理所當然的主婦生活，有時也會想乾脆結束一切算了。

好比月美忘了按下洗衣機的啓動鈕，偏偏丈夫這時要出差，抱怨沒有乾淨內衣褲可替換；不然就是他氣得嚷嚷：「我的藥呢？」拚命壓抑怒氣的月美趕緊翻找止瀉藥時，碰巧一起打工的朋友來電，只好邊講電話邊找藥。

雖然擔心被另一半叨唸，卻遲遲不好意思掛電話。丈夫見狀更憤怒，「我的藥呢！」明明沒拉肚子的他吼得更大聲了。月美不懂明明只是芝麻綠豆大的小事，另一半爲何氣成這樣。

丈夫並不曉得月美不能隨便掛斷電話的理由：打電話來的人是在

職場上第二有權勢的前輩，要是得罪對方，可是吃不完兜著走，所以月美只能盡量陪笑附和。要是現在的兼差沒了，就更不知何時才能存到買房的頭期款。即便老婆只是一個月兼差幾天，稍微晚一點回家做飯，丈夫還是很不高興她去打工一事，覺得老婆是爲了打發時間才去工作。

這幾年，月美從沒爲自己做過什麼，丈夫、婆婆和朋友，也沒人知道她有多努力。她從沒有將時間和金錢用在自己身上，做任何事也是力求精打細算，卻一直覺得只有自己的人生在空轉，要是現在突然有人告知她：「好了，妳的人生到此結束。」月美心想該有多輕鬆啊！

只是一想到那須美的情況，就覺得自己不該有這樣的念頭，但她總覺得自己活得像一塊小小肥皂，過著只是不斷消耗的人生。輾轉難眠的月美索性起身，換上外出服，將手機和錢包塞進口袋後出門。

有多久不曾獨自走在昏暗的柏油路上了呢？明明才走了幾分鐘而已，卻覺得已經來到離家有好一段路的地方，沒想到要去哪兒的她只好走向這時間還有營業的便利商店。

月美走在天還沒亮的路上，瞥見前方有個亮著黃光的四方形物體，走近一瞧，上頭印著「我」這個字，應該是小酒館之類的店招吧。招牌上還有唇印與酒杯，讓「我」字憑添幾分情色味。月美覺得離家前往「我」這件事雖屬偶然，但其實有其意涵。

眞正的「我」像這樣孤零零地待在沒人知道的地方，內心空蕩蕩的，什麼叫做祈願衆生幸福？現在的我明明精疲力盡，卻還得爲別人而活嗎？

就在月美這麼思忖的瞬間，彷彿忽然瞧見一處明亮寬敞、可以眺望愛琴海的露臺，自己和那須美就坐在白色椅子上啜飲著紅茶。

那須美回頭笑著對她說：「眞是笨啊！」

「衆生之中也包括妳啊！」

月美「咦」地驚呼一聲，冷不防回神。她從沒和那須美去過愛琴海，卻明白自己爲何彷彿瞧見了這景色。

看向前方的她，發現寫著「我」字的招牌燈熄滅了。有個中年女子正吃力地將拔掉電源的招牌拖回店裡，準備關店。月美張望四周，天色逐漸泛白。

月美怔怔地停下腳步，口袋裡的手機震動，原來是日出男來電。月美心想，莫非那須美剛才來和我告別嗎？

「不好意思，妳都到家了。那須美的情況又不太妙了。」

日出男心懷歉意地說。聽他說主治醫師已經來病房，這次怕是撐不過了。月美回了句「我馬上過去」後掛斷電話。

寫著「我」字的店招消失了。一時之間搞不清楚是否真的曾經存在。月美握著口袋裡的手機，走向丈夫正在熟睡的家。

果然如二姊所言，雖然覺得眞正的自己孤身一人，但也只是衆生的一份子。除了自己，還有另一半、婆婆、大姊、二姊、二姊夫、笑子姑婆；不久後，我的孩子也會來到這世上吧。二姊就是想告訴我這件事，是吧？月美拚命往前走，在心裡反覆這麼問那須美。口袋裡的手機彷彿回答這問題似的，有如生物般震動著。

「總之，試著唸出那句經文吧。心情就會好多囉。」

記憶中，那須美的聲音無比沉穩。原來二姊從那時開始，就覺得自己其實很幸福。

祈願衆生幸福，希望所有人直到最後的最後都過得很幸福。或許明天就不會這麼想，但無論如何，希望所有人都很幸福。月美打從心底如此祈願。

月美感覺體內吹過一陣來自愛琴海的風，相信二姊離世一事也是身爲衆生的一種幸福。

手機不再震動，月美猶豫片刻後回撥了電話。

第4話

站在一旁的日出男瞧見主治醫師深吸一口氣便心知肚明。才剛步入三字頭的年輕醫師瞧了一眼和白袍不太搭的運動腕錶，像要吐出深吸的那一口氣似的說：「六點零八分。」

也許是玩衝浪的關係，袖口露出的肌膚曬得十分黝黑；那須美曾說這位醫師很像出現在可樂廣告裡的年輕人。只見氣質爽朗的他恭謹地向家屬行禮致意，日出男也趕緊回禮。

不巧的是，那須美並非在家人的圍繞下去了另一個世界，讓日出男深感遺憾與歉疚。明明幾個小時前，全家人還聚在一起，因爲聽醫師說病況好轉，想說接下來幾天應該沒問題，才叫其他人先返家。

日出男一想到那須美要是知道這件事肯定不高興，不由得忐忑不安。想到原本應該發怒的妻子就這樣走了，又頓時深感空虛無助。總之，得先打電話告知大家，那須美已經安詳離世。日出男翻找自己的手機。

只見護士們拆掉那須美身上的維生機器。正當主治醫師開門準備步出病房時，接到通知的鷹子慌忙走進來。主治醫師又宣告一次「六點零八分」後，行禮致意。

因爲是第二次宣告，看在日出男眼裡總覺得醫師的樣子有些做作。鷹子看向妹夫，日出男頷首；她不敢看向躺在病床上的那須美，因爲比起妹妹沒了氣息一事，看著護士們拔掉維生機器的光景更叫人難受。只見她怔怔望向忙著處理後續事宜的護士們。

對於此時此刻無法思考，只能站在房間一隅望著眼前光景的日出男來說，忙著打理各種事的護士們看起來就像一個個文字。

每天早上不曉得去哪裡烤吐司，拿來給那須美吃的那位護士長得矮矮胖胖，讓人聯想到「み」這個字。日出男將這有趣的聯想告訴妻子時，還被稱讚一番。那須美笑著說，那護士總是將頭髮紮成丸子頭，垂落幾縷髮絲，的確很像「み」字的圓圓部分。

高個子的副護理長總是很忙碌似的快步走，而且她走路時身子會稍稍前傾，整個人的身形神似「タ」這個字。

身形瘦削的男護士則是像「す」，因爲他每次和日出男閒聊時，都會提到自己爲了身體健康，早上都會喝醋（日文的醋，就是す）。男護士在這家醫院算是少數族群，加上「す」的圓形部分酷似男性的某器官，所以當日出男很認眞的向妻子說明這名男護士爲何讓他聯想到「す」這字時，那須美咯咯大笑地說：「就整體來看，那部分大得有點誇張吧。」

看到「み」啊、「タ」啦、還有「す」出入病房時，明明是一如往常的早晨光景，卻少了代表「那須美」的文字，感覺文字連不起來了。看在日出男眼裡就是一幅與自己無緣的景象。

那須美是片假名的「ガ」，是「ガッツ」（毅力）的「ガ」、「がんばる」（加油）的「ガ」，也是那須美的口頭禪「ガッカリだね」（好沮喪喔）的「ガ」，還有她最愛吃的「ガゴメ昆布」（籠目昆布）、「ガラ」（空白）圖畫紙的「ガ」、「ワガママ」（任性、自我）的「ガ」，也是明明沒問她，自己說很喜歡女歌手「レディー・ガガ」（女神卡卡）的「ガ」，「ガッキ」（樂器）的「ガ」；雖然沒見過那須美彈奏、吹奏什麼樂器，但她本身就像樂器，笑聲高亢、低聲怒吼、以徐緩節奏哄慰別人；勸說別人時，一字一句又是無比鏗鏘有力。日出男回想著妻子的一顰一笑。

「忘了最重要的一個，癌症的『癌』（ガ）。」

那須美說自己是「ガ」，那麼，日出男就是片假名的「キ」。

「就是有一種插在地上的感覺吧。」

日出男無法理解那須美說的這種感覺。那須美說日出男來到這片陌生的土地，理所當然的住下來，還眞是神經大條，就像將稱爲「自己」的棒子自然而然地立在陌生土地上，彷彿從很久以前就存在似的生活著，這一點讓那須美佩服不已。那時，日出男最常掛在嘴邊的一句話就是「我什麼也沒想啊」。

其實是那須美先開始玩起將人比喻成文字的遊戲。既然日出男是「キ」，那我們合在一起就是「ガキ」（小鬼頭）囉。那須美一臉滿足似的攤在便宜沙發上這麼說。

日出男想起這是住在東京時的事，兩人竟然生活在小到像小紙箱的房間。他們沒生小孩，也沒有正職工作，與其說是夫婦，看起來更像朋友、兄妹，或是搞不倫戀的情侶。彼此也過著不太像是夫妻的生活，好比不會有必須對另一半負責到底的沉重壓力，各自做自己喜歡的事，也不會什麼事都和另一半分享，年輕時如此，直到現在也是如此。

日出男想起那須美曾說：「我們還是小鬼頭呢！」雖然兩人窩在小得像紙箱的房間，過著有如被主人拋棄的小貓生活，卻也覺得這樣最像真實的自己。日出男是四兄弟的老么，哥哥們都有自己的家庭，還是王老五一個的他過得很隨心恣意，但遇到那須美之後，不再有想去遊蕩的地方，唯一的心靈歸屬就是那須美。

與其說那須美去了另一個世界，不如說她今後要去哪裡收集關於「ガ」這字的印象呢？此時此刻的日出男不知所措。

縱使逐漸做好心理建設，縱使覺悟到總有一天無法再問妻子想要什麼？想做些什麼？再也聽不到她的聲音，也無法將自己對於那須美的印象化爲言語，該如何是好呢？從沒想過這種事會讓自己如此傷神；應該說，任誰都無法預期生命會停格在哪一天。

或許收集印象這件事就像汽水，擱著不喝，氣泡就會消失，只剩下糖水，不是嗎？對日出男而言，那須美的種種就像氣泡般逐漸消失，令人焦急懊惱。

日出男步出病房，瞧見兩人取名的「ヨ」、「お」和「ケッ」都

待在休憩室，並沒有交談，只是發呆似的盯著電視螢幕。中年的「サ」正闔上裝著早餐的銀色盒子，「P」的大胸脯依舊挺立，插在胸前口袋的原子筆彷彿憋得難受似的探出頭。

就算「ガ」不在了，世界依然順暢運作。日出男本來想用自動販賣機買常喝的罐裝咖啡，卻忘了帶錢包。當他怔怔地站在自動販賣機前望著想買的飲料時，方才坐在休憩室的老人家親切地向他點頭打招呼，緩步走過。日出男竟然一時想不起他是「ヨ」還是「お」，雖然直覺他應該不是「ケッ」，卻也沒把握。

日出男發現一件事，那就是那須美不在了，這些綽號都沒了意義。對喔。覺得自己像「キ」字的人已經不在了。那麼，自己到底是什麼？

就連插在地上，這根稱爲「キ」的棒子也隨著那須美的離去，成了從不存在的東西，感覺現在的自己就像棒子被拔除後，留下的一處空洞；明明的確存在過，如今卻徒留空洞，彷彿一切未曾發生，不是嗎？

無論是自己工作的那間眺望得到富士山的超市，還是平日睡覺、吃飯的家，就連自己每天都帶便當來吃的這間醫院，彷彿成了夢境般的幻影。

沒有買到罐裝咖啡的日出男走回病房，瞧見鷹子抱著兩人的包包坐在病房前的長椅上。護士們要整理那須美的大體，因此請家屬在外面稍候。

「要挑哪一張當遺照?」鷹子將包包遞給日出男，問道。挑選遺照一事也是要花點時間。

「你那邊有適合的嗎?」鷹子問。

日出男的手機裡全是兩人的搞笑照片，不過，應該還是有堪用的才是，趕緊開啓手機的相簿。

因爲那須美不喜歡拍照，所以沒有她在病房的照片。當日出男滑著手機，檢視一大堆相片時，發現一段在病房拍的影像，脂粉未施的那須美穿著粉紅色病患服，那時的她肌膚還很光滑，床邊桌上擺著三顆桃子，應該是初夏時節拍的吧。而且竟然是自拍影片，看來是那須美趁丈夫不在時偸偸拍攝的。

日出男不想被別人瞧見自己看到影片內容，不禁落淚的模樣。迫不及待想看這段影片的他只好裝作若無其事地離鷹子遠一點。

螢幕上的那須美說了句「呃……」之後，沉默片刻才迸出這句話：「日出要是和長得像『と』的人結婚就好了。」

要是日出男和貌似「と」這字，總是張口大笑的女人在一起就好了。而且啊，還會有自己的孩子，生個像「ッ」一樣嬌小可愛的孩子，頭頂上綁著蝴蝶結，像小柔（浦澤直樹的漫畫《以柔克剛》的女主角豬熊柔）一樣的女孩，一家三口剛好湊成「キッと」（一定）這個字囉。雖然和我在一起時是「ガキ」（小鬼頭），但你啊，今後會成為「キッと」（一定）唷。只是你的心裡肯定還住著小男孩吧。不用勉強自己改變也沒關係，因為你是根棒子，一旦厭倦就會拔起，去自己喜歡的地方吧。就這樣保有赤子之心地活下去吧。再見囉。

影片突然中斷。明明那須美嚥下最後一口氣時，日出男沒哭，影片停止的瞬間卻不由得落淚。那時的她不想離開這世界，卻覺得自己可能撐不下去了。即便內心痛苦萬分、充滿孤獨與不安感，卻還是擔心我今後的生活。日出男一想到此就止不住淚水。

手機響起，日出男努力平復情緒，接起電話，原來是待在家裡的笑子姑婆來電。獨自留在家的她肯定很不安吧。一直嚷嚷著要來醫院。

「您現在過來，也幫不上什麼忙啊！」一時忘了自己身在醫院的日出男扯著嗓門說道。

鷹子八成知道是笑子姑婆打來的吧，只見她走過來一把搶走日出男的手機，也很大聲地說：「姑婆嗎？」

「我們會帶那須美回去。嗯、是的，就在家裡守靈吧。嗯，是啊。就這麼辦吧。」

鷹子的聲音聽起來如此沉穩，但仔細一瞧，她的襪子穿反了。實在不像平時一向嚴謹的她會發生的糗事。

「姑婆，別哭了。誰也沒料到會這樣啊。」

笑子姑婆肯定反覆碎唸竟然不是上了年紀的自己先離開人世。

「妳認識的那家葬儀社在哪裡？知道嗎？嗯、嗯。可以聯絡上吧？好，那就交給妳了。」

日出男看著襪子反穿的鷹子昂然而立的模樣，覺得自己也該振作才行。

正在講電話的鷹子手中拿著那須美常看的漫畫雜誌，封面是她最喜歡，有著健美身形、奮戰不懈的男主角，風格與日出男截然不同。

日出男心想：好！先拿個蓋子蓋住洞口吧。就像拴緊汽水瓶瓶蓋，趁著那須美的印象還沒完全消失之前。

日出男在心裡想像自己是肌肉隆起的男主角，然後用力舉起被拔起的巨大「キ」形棒子，將它插進原來的那處空洞。我會在那須美生活過的地方繼續活下去。

就在這時，身後響起掌聲，日出男嚇得回頭一瞧，原來是有人出院的樣子。只見一位拿著小花束的中年婦女依依不捨地和照顧過她的醫護人員們握手。

日出男看著這光景，想起一件自己必須做的事。

「我去辦理那須美的出院手續。」

鷹子聽到日出男這麼說，喃喃道：「對喔。她是出院。」

日出男這次緊握錢包，走向醫院的結帳櫃臺。當他經過那群拍手之人的身旁時，彷彿瞧見那須美的臉。明明她要丈夫去自己想去的地方，卻祝福日出男回到原來之處，或許這才是那須美的眞正心意吧。

日出男看著排隊辦理出院手續的人們那爽朗表情，想到那須美的痛苦、孤獨與不安也結束了。頓時有一種終於讀到長篇漫畫最後一回連載的感覺。

「恭喜那須美出院。」日出男試著說出這句很符合最後一回連載會出現的臺詞。

「這下子就能去妳想去的地方了。」

但他知道，妻子最喜歡的地方是富士超商那覆著塵埃的收銀臺，坐在舊到都已經起毛球、笑子姑婆編織的坐墊上，還有水龍頭會漏水的廚房流理臺。這些都是日出男還不想失去的地方。和誰一起活下去，就是這種感覺嗎？

就在他這麼思忖時，腦海裡響起那須美那嗓音低沉，開玩笑似的聲音。

「キザ（討厭、刺眼）的キ囉。」

太好了。那須美還沒消失。也許哪一天會消失，但她現在還在這裡。

日出男像最後一回連載的男主角那樣，爲了將那須美從名爲醫院的塔中解放，朝著看得到陽光的長廊盡頭大步前行。

第5話

笑子瞧了一眼時鐘，七點十八分，想起七月十八日是那須美的生日，但因爲家裡只有自己一個人，無法將這巧合與別人分享。笑子覺得有點餓，想說有沒有什麼吃的，四處翻找；無奈家裡沒什可吃，只好吃供在佛桌上已經變硬的豆大福。甜味在她的口中擴散，心情舒緩許多；但因爲假牙咬不太動，只好吐出嚼不碎的豆子，瞬間憶起那須美還在母親肚子裡時的事。

那時，笑子與那須美的母親和枝在廚房剝豌豆。和枝突然說想去隔壁城鎮的婦產科生產，笑子剎時怔住，反問：「妳生長女鷹子時，不是請產婆來家裡接生嗎？」

雖然當時已經很少有人請產婆來家裡接生，但笑子以爲和枝生第二胎也會這麼做，所以有點不以爲然地說：「這樣不是要花很多錢嗎？」

「可是幫我接生的產婆明年就八十歲了。」和枝一邊撫平剝好的豆子，回道。

笑子沉默片刻後，說：「妳還是覺得去醫院生比較好，是吧？」

笑子發現剝好的豆子堆中，有個已經發硬變成咖啡色的豌豆，那是就算剝開也見不著光滑豆子的瑕疵品。她硬是剝開，只見豆莢裡躺著三顆乾癟的小黑豆，果然只能扔掉。

笑子是和枝的丈夫的姑姑，因爲和前夫感情不睦，婚姻觸礁，又沒地方可去，所以半年前搬回兄長繼承的老家。笑子用報紙包好剝完的豆莢，起身要拿去扔掉。

「沒生過小孩的人還給意見，不好意思。」笑子的話中帶刺。

或許是想安撫笑子的彆扭脾性吧。和枝請她爲自己的第二胎取名字。畢竟同住一個屋簷下，彼此心存疙瘩就不好了。無奈笑子堅持取名「茄子」一事讓和枝傷透腦筋，丈夫有三也不贊成；但笑子說家裡是在富士山山腳下做生意，既然長女名叫鷹子，次女就叫「茄子」呀！而堅決不讓步。於是，笑子與和枝僵持好一陣子，最後是有三提議：「起碼叫那須美（那須的日文就是茄子），如何？」笑子才勉強答應。

那須美是個比外表看起來還有份量的孩子，每每都讓抱起她的人詫異不已。笑子常說要是放任這孩子不管，她肯定跑得遠遠的吧。果然那須美畢業後在家鄉工作一小段時間便離家發展。

和枝過世時，那須美還是國中生。已經厭倦小鎮生活的她不喜歡這個家，也不喜歡家裡開的店，所以常和母親吵架。和枝生病後，倔強的那須美不是那種會突然對母親輕聲細語的靈巧之人，所以兩人即使在病房也常大聲爭吵。和枝常說她最掛心那須美。

還真的是這樣呢。某天，和枝拿出放在床邊櫃抽屜裡的鑽戒，對笑子說萬一那孩子遇到什麼困難，麻煩她把戒指轉交給那須美。白金戒臺的爪鑲上嵌著將近一克拉的鑽石，和枝總說其實不到一克拉，所以是便宜購得。只見她一邊輕撫戒指，一邊說：「人家說啊，買婚戒最好買一克拉的，這樣比較稱頭。所以這顆〇．九克拉的鑽戒八成是賣不掉的貨色吧。」這只戒指不是有三買給她的，而是當年還是單身粉領族的她向客戶買的樣子，也是和枝擁有的唯一值錢的東西。家人都知道和枝有多麼寶貝這只戒指。

「雖然這麼做很對不起鷹子和月美，但我最擔心的就是那須美。」和枝說。

「要是她們曉得戒指只給那須美，肯定會吵架。」笑子很擔心。

和枝卻笑著說「放心」。反正我會告訴大家，戒指不見了。這麼說的和枝戴上戒指，無奈手指變得更爲纖細，彷彿小孩子戴戒指似的。和枝看著自己的手，嘆了一口氣，「我現在還會那麼想要這東西嗎？」

現在的她想要的是其他的吧。聽到和枝這番話的笑子心裡很難過，收下戒指後，便離開病房。

和枝去世後過了好幾年，笑子並沒將戒指轉交給那須美；直到聽聞她要去東京時，才想說是時候了。

大家就寢後，那須美獨自坐在長廊上望著庭院，喝啤酒。起床上洗手間的笑子瞧見這光景，趕緊回房拿那只戒指，來到長廊。

「姑婆也要喝嗎？」
那須美幫笑子拿來杯子，兩人喝著啤酒。笑子拿出戒指遞給那須美，並轉告和枝的那番話。
「我不要。沒理由只給我呀！」
「我也不明白啊！總之是妳媽媽拜託我的。」
「我不要。」那須美斷然拒絕。
戒指就這樣在兩人之間被推來推去。只見那須美氣得抓起戒指，「我不是說不要嗎！」扔向被夜色籠罩的庭院。
扔掉戒指的她剎時怔住，望著昏暗庭院。當笑子從廚房拿來兩個手電筒時，瞧見那須美蹲在院子裡找戒指。笑子默默地將手電筒遞給她，自己也開始幫忙找。

明明是再熟悉不過的庭院，一到夜晚卻是另一番景象，兩人彷彿被寂靜的氣息包覆，身處陌生之地。笑子起身回頭時，發現那須美在哭。明明母親和枝過世時，也沒見她落淚，現在卻邊哭邊找戒指。笑子看姪女這模樣，也不曉得如何開口安慰。

「有媽媽眞好，對吧？」笑子說。

「幹嘛說這種沒頭沒腦的話啊！」哭個不停的那須美很生氣。

「我沒上過幾天學，也不曉得這種時候要說什麼比較好啊！」

就在笑子也忍不住發脾氣時，「找到了！」那須美悄聲驚呼。她那拿著戒指的手伸向夜空，鑽石在屋內流洩出來的燈光照射下，有如聚積在她指尖的水滴，看起來就像從指尖冒出淚水。

「好像妳的眼淚喔。」笑子喃喃自語。

「不是要妳別說些沒頭沒腦的話嗎？」那須美用不同於方才的沉穩聲音，還帶著些許笑意。

罹病的她從東京回來時，鑽戒只剩下嵌在上面的鑽石。她說因爲門牙斷了，急需一筆錢，只好以四萬八千日圓賣掉戒臺；不過那須美說，無論如何都不會賣掉鑽石。

「當鋪老闆開價六萬，只有六萬耶。明明是媽媽那麼寶貝的東西。他肯定是看我缺錢，想坑我啦！」

這麼說的那須美，打開和當初帶去東京相同的圓筒型盒子，裡頭只有一顆裸鑽。

那須美將盒子藏在從小學就用到現在的書桌抽屜最裡面，她很擔心自己過世後，要是鷹子和月美發現母親的鑽石藏在這種地方會引起什麼誤會，所以偷偷和前來探病的笑子商量。

「放心啦！她們八成會以爲是妳偷拿的。」笑子說。

那須美低聲回道：「我沒偷拿。」還露出有點可怕的眼神。

「有什麼關係！反正是妳走了以後的事。」笑子說。

「我沒偷拿。」那須美露出恐怖的眼神，再次強調。

「那要怎麼辦啊？」

「這個嘛……」那須美思忖片刻，然後望著遠方說：「姑婆，可以拜託妳一件事嗎？」隨即拿出筆記本，撕下一頁。

「廚房裡不是有根柱子嗎？就是掛著日曆的那根柱子。」

「嗯，有啊。」

「可以用麥克筆幫我在柱子上畫個這樣的眼睛嗎？」那須美畫了個杏仁模樣的眼睛，還畫了圓圓的瞳孔、上下排睫毛。「然後用雕刻刀在眼珠部位鑿個圓錐，再用三秒膠嵌上這顆鑽石。」那須美邊說，邊在瞳孔部位畫個箭頭，寫上「鑽石嵌在這裡」。

「幹嘛這麼做？」

「窗戶啊！」

「窗戶？」

「是的，連結那世界與這世界的窗戶，讓我媽能從這裡俯瞰廚房。我死了之後，也可以從這裡看到誰在廚房做些什麼。」

雖然笑子完全無法理解那須美這番話的意思，還是接過紙條，詢問鑽石放在哪裡。

「那就說好囉。我死了之後要做好這件事哦！」

笑子吐出豆大福的最後一顆豆子時，想起和那須美的約定。那張紙條塞到哪兒去了？笑子翻找放在自己房間裡的好幾個環保袋，終於在心形花樣的袋子裡找到了紙條。她去那須美的房間拿出鑽石，搬來墊腳用的凳子，接著找雕刻刀，卻遲遲沒找到，後來想起店裡應該還有庫存。

笑子站上凳子，看向柱子的上方，依那須美所言，連睫毛也畫了，也畫了要嵌鑽石的瞳孔，結果畫了個要是不說，根本很難察覺的小眼睛。笑子收拾好工具，猶豫片刻後才將那須美寫的那張紙條撕個粉碎，扔進垃圾桶。

湮滅證據後，再次抬頭望著自己在廚房柱子上留下的痕跡。

柱子上的眼睛有如那須美在昏暗庭院尋找戒指，驚呼一聲「找到了」時，在她的指尖上發光的水滴。

笑子感覺到那須美正在哭泣，和那時一樣偷偷落淚；但不是悲傷的眼淚，而是充滿感謝的淚水，開心和大家一起生活過的淚水。我已經活了七十好幾，所以很清楚這種心情，和大家一起活著就是這種感覺。

笑子一想到不久的將來，自己也會從柱子上的那個眼睛窺看這裡，便覺得死亡也不是什麼壞事。

第6話

「喂，你聽說了嗎？」曼波打開門，這麼說。

正在幫客人刮鬍子的清二停下手邊工作，回頭瞧見曼波站在等候區的沙發旁挑選雜誌。兩人是國中同學，滿頭花白的曼波接掌老家的餐館，算是員工兼老闆。

「聽說小國去另一個世界了。」曼波拿了最新一期的漫畫雜誌，陷在沙發裡翻閱著說道。

清二繼續手邊的工作，一直思索小國這名字。啊，對了。小國那須美嗎？

「怎麼會這樣？」

「嗯，聽說今天早上在醫院走掉的，應該是哪裡不舒服吧？」

「還眞是突然啊！」

清二不敢置信，正在刮鬍子的歐吉桑也惋惜地喃喃道：「啊，就是那個什麼都賣的雜貨店的女兒，明明還很年輕啊！」

「今晚開始守靈，你要去嗎？」

「你呢？」

「我？我和他們家有生意上的往來，不能不去吧？」

她是何時住院的？住了多久時間？莫非住院時已經病入膏肓嗎？

清二覺得自己現在想這些也沒用。

「該不會是癌症吧？」

「應該是吧。」曼波語帶輕佻的回答讓清二有點惱火。

「對了。你不是和小國交往過嗎？」被曼波這麼一提，清二體內那早已忘卻的什麼開始逆流。

刮完鬍子的歐吉桑那一對罩著熱毛巾的耳朵肯定豎得高高的。

「國中時，你和小國不是還打算一起蹺家嗎？」

曼波還想繼續這話題。清二想到出門購物的妻子利惠就快回來了，沒好氣地悄聲強烈否定：「才沒有！」

「我可是聽小國說的耶。她說你們本來要一起蹺家，可是你搞錯日子，兩人吵了一架，這件事就告吹了。」

是的。國三寒假時，清二的確打算和那須美一起蹺家；但不是他搞錯日子，而是那須美沒赴約，清二就這樣被放鴿子，後來想想，應該是被她甩了。結果新學期開始，兩人蹺家未遂一事就鬧得人盡皆知。

提議蹺家的那須美解釋自己之所以沒赴約，是因為要幫忙家裡製作豆沙糯米糰。這種事不是早就知道嗎？清二責備。可是人手不足，眞的很忙啊！我根本沒辦法脫身啊！那須美反倒生起氣來。

那須美她家經營小超商，雖然車站前開了一家大型超市，所以隨時都有可能關門大吉，但因爲笑子姑婆的豆沙糯米糰很受歡迎，所以小店得以繼續經營。清二聽那須美說，尤其是彼岸（春秋兩季各有一次彼岸，長達七天，第四天分別是春分和秋分）、盂蘭盆節、還有新年時分，全家人會總動員製作這項人氣商品。

那須美家的聖誕樹枝葉間會塞上大量棉花，因爲用的是棉被裡塞的舊棉，所以除了有點泛黃之外，還一坨坨黏黏重重的，看起來實在不像雪。棉花縫隙間還會裝飾財神像、小圓片年糕、柑橘等東西，眞的很不倫不類。

「看起來很恐怖耶！」那須美一臉認眞地看著清二抱怨：「眞的好悲哀喔！我們家幹嘛非得擺出那種聖誕樹啊？」

於是，兩人熱烈討論要去東京看眞正的聖誕樹。反正不可能當天往返，不如去個三天，也想逛逛澀谷、原宿、青山、築地、淺草等地方。兩人決定寒假去，但又怕寒假天數不夠，甚至還討論到住宿一事，沒想到卻被無故爽約，清二簡直氣炸了。

之後，兩人就沒再提這件事，但不知爲何，卻謠傳是清二搞錯日期，結果兩人大吵一架、分手。

那須美這傢伙到底在胡說什麼啊？清二當時很生氣，直到畢業之際才察覺一切都是出於女方的貼心。因爲那須美不希望別人誤會是清二甩了她，所以才放出那些話。原來如此，原來她是這樣的女孩。

「要是那時沒搞錯日子，你就會成爲她的另一半吧？」

正在看漫畫雜誌的曼波抬起頭，這麼說道。他肯定又在腦子裡編織自己對於那須美的回憶。

曼波瞥見利惠回來，識相地停止關於那須美的話題，聊起自己最近迷上栽植苔蘚一事。

擔心客人亂說話的清二回頭一瞧，歐吉桑張大嘴，睡著了。

利惠瞅著歐吉桑，笑道：「眞是的！居然睡死了。」

清二覺得活像電池沒電、熟睡著的歐吉桑有如某天突然一動也不動的金龜子，不禁眼眶泛淚。

利惠看到丈夫這樣，嚇了一跳，問道：「怎麼了？」

「沒事。只是在想人都會死啊！」

清二別過臉拭淚，瞅了一眼曼波，只見好友露出「我瞭」的表情看著他，還點點頭，讓清二很火大。曼波應該不會亂說什麼吧。雖然是個讓人心煩的傢伙，但相信他自有分寸。

「當然囉！我和你，還有在那裡嘿嘿笑的曼波都會死啊！幹嘛一副好像發現新大陸的樣子呀！」

利惠大笑地拍拍清二的背。被老婆拍背的清二心想不是這樣的，卻無法清楚說明。

一想到在悶熱的教室裡用墊板拚命搧著裙底下的那須美，今早就像這位歐吉桑一樣突然一動也不動，要說很難過，還是無法理解呢？這種感覺就像被迫觀看一點也不有趣的魔術，清二不曉得什麼才是正確反應。

因此，突然落淚一事讓他很慌張。即便不願承認，卻很清楚比情緒先迸出的眼淚是什麼形狀與位置，肌膚清楚感受到一顆顆淚滴從眼角順著臉頰淌落。

「你那時哭了嗎？」國中時，那須美這麼問他。

「哪有！怎麼可能哭啊！」清二想起自己這麼回答。記得胸前的暗紅色領結搖晃著，應該是冬季制服吧。回頭這麼問的那須美留著短髮。

「我只有掉錢包時才會哭。」

「什麼跟什麼啊！」不再那麼咄咄逼人的那須美笑了。

那時，兩人雖然同年級，但只有國一時同班。升上國三後，清二常看到那須美站在鐵絲網的另一邊，楞楞望著正在練習的棒球隊，倒也沒想主動向她打招呼，心想對方也是這麼想吧。

會是棒球隊的清二因爲受傷，只好退出。從此就不想看到他們練球的樣子，自然也不想站在那裡。沒想到某天，清二卻在自己最討厭的地方被那須美叫住。

「中村，你不是棒球隊的嗎？」

那須美脫口而出清二最不想聽到的話。雖然他手上提的包包確實和球隊隊員的一模一樣，但裡頭裝的不是隊服，而是課本、漫畫和遊戲攻略本之類。

清二決定無視，轉身離去，卻硬是被對方拉住，「你今天偷懶不練嗎？」

面對一臉認眞的那須美，清二只好坦白。爲了讓教練看到自己的好表現，於是爬牆接殺高飛球，沒想到就這樣摔下來，導致腳骨折。動了打骨釘的手術，過了好幾個月才拆掉。

原本想說可以重返球場，但不知是因爲荒廢練習好長一段時間，還是腳傷並未完全康復，抑或是創傷症候群，無法再像以往那樣打球，也覺得離開球隊許久的自己遲遲無法融入群體。總之，清二出場的機會愈來愈少，即便上場也無法完全發揮實力，只好自願求去。

那須美默默地聽著，然後問清二：「那時你有哭嗎？」

清二沒有哭。正確來說，從沒想過哭這個選項。因爲與其哭泣，更想早點轉移注意力，一秒也不願想起球隊的事；但清二並未將這般心情告訴那須美，因爲他覺得就算說了，她也無法理解。

隔天，清二在教室從朋友那裡聽聞那須美的母親剛過世，這才發現她之所以楞楞地抓著鐵絲網，是因爲失去了很重要的東西。

清二瞧見那須美一臉失落地獨自走在回家路上，於是邀她去速食店。不曉得爲什麼，清二總覺得不公平，應該要好好聽她說，如果那須美願意傾訴的話。

那須美說面對母親的病情惡化，自己竟然沒哭。

要我突然變成乖孩子，說些露骨的話，不就在暗示她即將不久於人世嗎？這麼做不是適得其反嗎？就是因爲這樣，我才無法坦然面對，也知道這樣不好。即便媽媽過世後，我還是很倔強，竟然連一滴眼淚都沒掉。

那須美用吸管拚命吸著幾乎沒了的飲料，這麼說道。

「我是不是個很冷酷的人啊？」那須美無奈地笑著說。

「不是的。」清二回應，卻沒想到還要說些什麼，本來想說一句「沒這回事啦！」但總覺得這回答很老套，不想對她說這麼敷衍的安慰話。

「不是的。眞的失去很重要的東西時，應該哭不出來吧。」他那認眞的表情讓那須美不禁微笑。

「那什麼時候會哭呢？」

清二思忖片刻，「因爲是非常重要的東西，所以事後回想才會哭，不是嗎？」
雖然只是隨口說說，清二卻覺得自己眞的這麼想。
那須美看向遠方，幽幽地說：「我還沒有成爲過去。」
「嗯，是啊。我也還沒成爲過去，即便離開球隊。」
清二覺得很奇妙。沒人知道傍晚時分邊吃薯條邊喝可樂，正處於悲傷中的兩人聊著這樣的事。只有我們知道這世上也有哭不出來的悲傷，明明身處再日常不過的光景中。
因此，當那須美說想去看聖誕樹時，清二覺得無論如何也要實現這願望，因爲這麼一來，自己也能找回失去的東西。不明白爲何會這麼想，總之就是如此認爲。

清二每天分別從理容院的收銀機、母親的錢包、父親存五百日圓的存錢筒一點一點地偷拿，累積去東京的錢。也想過萬一遇到什麼突發狀況，打算借住搬去千葉的朋友家，並寄信告知對方了。也準備了商店街販售仿照球棒、手套做成的棒球蛋糕，作爲送給朋友的伴手禮。

明明一切準備就緒，那須美卻爽約。清二覺得那時她說因爲忙著做豆沙糯米糰，所以無法赴約的說詞肯定是胡謅。其實直到現在他最在意的是離家出走的前一天，那須美向清二確認的事。

「其實不是和我去也無所謂，對吧？」

清二聽到那須美這麼問，只覺得莫名奇妙。

「不是和妳一起去，就沒意義啦！」

「爲什麼不是和我去，就沒意義？」

「當然是……因爲喜歡妳啊！」

那須美沉默不語，沒有露出開心表情，也沒有不高興。有點不知所措的清二不曉得這種事是應該早點說呢？還是突然告白會很尷尬？「喜歡」這兩個字是否不該輕易說出口？

「小國妳呢？是不是不想和我一起去？」耐不住尷尬氣氛的清二反問。

「沒這回事，我也喜歡你。」那須美的口氣有點冷淡。

那時候，她是不是期待更不一樣的答案呢？

清二每每想起就很懊悔。到底正確答案是什麼？幾十年來搜索枯腸，還是想不出個所以然。

清二關掉招牌「BARBER NAKAMURA」的電源，拉下鐵捲門，走進店裡時，瞧見利惠正在折疊明天要用的一堆毛巾，動作猶如機器人般規律。

無論是處理刮鬍子用的肥皂起泡，還是爲了避免弄髒、將薄紙貼在客人的髮際，利惠的動作都十分俐落。清二今天一整天都在注意妻子的一舉一動，總覺得看著看著，心情好平靜。

他突然想告訴妻子這件事。國中那時的我究竟該怎麼回答才對？感覺利惠能告訴我答案。

「對了，我不是說今天要去給一位朋友上香嗎？」

「我知道。你們想一起離家出走的那個女孩，是吧？」利惠是聽曼波說的。

清二怨自己竟然相信曼波不是個大嘴巴，心想既然如此，就得說出實情。他坦白自己曾對那須美告白，卻始終不明白那時那須美爲何會露出那樣的表情。

利惠聽了丈夫這番話後，斷言道：「那是因爲你說謊，她才會露出那樣的表情，不是嗎？」

「我沒說謊，我那時是真心的。」

「是嗎？那須美小姐應該不是你那時最喜歡的吧？」

「說我腳踏兩條船？拜託！我才不是這種人。」

「我不是這意思啦！你那時最喜歡的，是棒球吧？」

清二一時語塞。沒錯，那時我對棒球還有眷戀，無法割捨，所以心情很煩悶。

「她肯定曉得了喔。」利惠說。

清二彷彿看見臉上掛著笑容的那須美，想起她那似乎能看穿人心的眼瞳。

「不過，那須美小姐也說謊囉。」清二一臉疑惑地看著妻子。

「其實她那句喜歡是對她母親說的，不是你。」

利惠的一句話，瞬間揮走盤踞清二腦中的迷霧。是喔。是這樣嗎？我們都對彼此撒謊嗎？那須美之所以爽約，是爲了告訴我「她說的並非眞話」。

「快去啊！太晚到會給喪家添麻煩的。」

「嗯，也是。」

清二走進起居室，瞧見牆上掛著一套喪服，桌上擺好了佛珠和奠儀。

換上喪服的他正要出門時，「等等！」被利惠喚住。只見她拿了個小推剪，將毛巾披在丈夫的肩上，用推剪開始修整他的髮際。利惠柔嫩的手與推剪的機械聲巧妙融合，清二好喜歡這種感覺。

「好歹你是理容院的老闆，別人可是會注意這種地方呢！」

「嗯。」

利惠取下毛巾，仔細擦拭一番，然後推了一下清二的背，笑著說：「快去吧。」

清二看到遺照上的那須美，留著和問他「那時你有哭嗎？」時一樣的短髮，頓時從他的體內深處湧現許多那時沒說出口的話。

那時的我好寂寞，渴望有人給我溫暖；那時的我好想哭，好想有個人陪在身旁。我是那麼孤獨，很氣自己怎麼會活得如此孤獨，一直都很氣，卻也覺得好害怕，既害怕又寂寞，多麼希望有人能理解我，多麼希望有誰能陪在我身邊。

清二想起和那須美在速食店聊天一事。那時兩人正處於悲傷漩渦中，是一段雖然悲傷，卻帶了點酸甜的時間，無奈同病相憐的兩人並沒有交集，只是各自懷著悲傷，不知所措地佇立在一成不變的風景中。

可能是因爲穿不慣的黑皮鞋有點磨腳，清二的腳愈走愈痛。

「人生啊，就是得硬著頭皮往前走囉。」

走在回家路上的他喃喃自語。那須美之所以爽約，就是想說這句話吧。縱使如此，還是得掙扎著活下去，而且是獨自一個人。現在，今天，那須美獨自去了另一個世界。

不過和那時相比，現在的我確實好多了；雖然依舊是自己一個人，至少知道現在的自己要走向哪裡。總之，現在的我朝著利惠在的地方走就對了。這麼一想，就覺得一個人走一點也不恐怖。

第7話

雖然鷹子知道洗臉檯上有個一捏就會變形的藍色塑膠容器，但直到那須美過世後的第三天早上，她才突然察覺到這容器不是家裡的東西。

處理喪禮的各種事宜、聯絡親戚朋友、爲遠道而來的客人準備住宿地方、準備守靈夜要吃的餐食，還要將放在櫃子裡的喪服拿出來曬、穿上、喪禮結束後洗好、曬一下再收進櫃子。總之，這三天忙到沒空想事情，就這樣過去了。鷹子總算回到想試著按自己步調生活的心情，但明明不想馬上回歸職場，每天卻凌晨四點多便醒了。這才發現自己已經許久沒看著映在洗臉檯鏡子上的臉。

這個一捏就會變形的容器叫做「Gargle Base」，用來接漱口時吐出來的水，上頭用黑色麥克筆寫著「外科」。似乎是鷹子離開醫院時，誤將病房備品帶回來的樣子。雖然那須美臨終前並沒用到這容器，但這東西應該一直擺在床邊。反正今天不會開店，鷹子想說將這東西送還醫院，決定先洗個頭再出門。

明明直到幾天前，每天都會和熟悉的護士打照面，但那時那須美還在住院，現在一切卻彷彿成了遙遠過往。

「剛好有件東西要轉交給妳，可以等我一下嗎？」護士這麼說之後，走進休息室拿了個厚厚的信封。「我一直煩惱要不要把這東西轉交給妳，但想想還是讓妳看一下比較好。」

鷹子從護士手上接過厚厚的信封，上頭沒寫地址，只寫著「小國那須美小姐收」，袋口沒封住。

「不好意思，想說可能是必須交給警方的內容，爲求愼重起見，所以打開看過。」

鷹子看著封底，上頭寫著陌生的寄件人名字與地址。

「如果是不認識的人寄的，總覺得怪怪的吧。要是看過後覺得不需要留存的話，就交由我們處理，如何？」

鷹子坐在休息室前的長椅上看信。護士有點擔心地看了她一眼，隨即回到工作崗位。

鷹子打開信一瞧，像是寫報告似的布滿密密麻麻的文字。用黑色原子筆書寫的字跡稱不上秀麗，倒像是小學生拚命練字似的字。

小國那須美女士，妳好。

前幾天在醫院妳過來跟我說話時，我真的很驚訝。我叫佐山啟太，妳應該不知道我才對。我們以前曾在等等力公園碰過面。其實在醫院那時，我嚇得連聲音都發不出來。已經是約莫三十七年前的事了，我自己都忘了。不，是我想忘記。如果可以的話，希望這一切都沒發生過，所以當妳對坐在候診間沙發上的我說話時，我一心只想趕快逃離。無論是現在還是過去，我就是個卑怯的男人。

我是稍早之前看耳鼻喉科時注意到妳。妳一開始沒認出我，是吧？畢竟從那之後已經過了三十七年。因為每週要回診一次，妳遠遠看到我，應該發現我就是那時在等等力公園遇到的男人吧。果然不能做壞事。

坐在沙發上的我正在幫孫子解開纏住的毛線，只見妳若無其事地坐在我旁邊，對我說：「我來試試看吧！」拿走我手上的毛線，三兩下便解開了。然後抬起頭這麼說：「為什麼沒殺我？」

我感覺心臟快要迸出胸口似的，也許下意識地摀住嘴巴。

「你就是那個在等等力公園企圖捉弄我的人吧？」當妳這麼說時，窺看我的眼神，讓我感覺嘴裡的水分瞬間流失。好可怕，從來沒經歷過如此恐怖的事。

我趕緊抓著孫子的手，頭也不回地逃離。一直跑、一直跑，一回神才發現來到車站的公廁門口。是的，和那時一樣。我硬是拉著妳的手，不停地跑，回過神才發現來到公園的公廁門口。

聽到孫子喊：「爺爺！好痛！」我才回神，就和那時一樣。當年六歲的妳被我強拉到公園公廁門口，朝著我喊：「好痛！」我鬆手後，妳一臉擔心地看著我，我才回神。

「為什麼沒殺我？」被妳這麼反問後，我一直思索這問題，從來沒像這樣專注地思考過事情。但我覺得必須回答這問題，因為那時我的確想殺妳。

不是因為無法克制性慾，而是基於更糟的理由，那就是錢。因為有人要我幫他強擄六歲左右的女孩子，這樣我欠的錢就能一筆勾消。那時我欠了八百萬的債務，光是還利息就很吃力，所以每天都在為錢發愁。

我結婚了，有兩個兒子，在寢具製造公司負責跑業務，公司同事覺得我是那種行事比較輕佻的傢伙，但人不壞就是了。不過，沒人知道我欠了一屁股債。我是那種別人拜託什麼事都會答應的人，現在想想，就是愛面子吧。像是和朋友吃喝玩樂、借錢給朋友周轉、和女人上賓館開房間，都是我開始借錢的原因。

現在想想，開口要我幫他誘拐女童的傢伙腦筋根本有問題，但那時的我滿腦子只有錢。總之，一般人無法想像我那時的情況，腦子裡只想著錢錢錢，看不見未來，被無盡的痛苦壓得喘不過氣，一心只想逃離窘境。

問題是，拐走別人家的孩子這提議實在很荒唐。對方見我遲遲沒答應，便主動說也許能幫助我兒子考高中一事順利過關。說來慚愧，我那就讀國中的大兒子在學校總是惹事，成了我的煩惱根源。一想到兒子的人生可能因此受挫，便擔心不已，只要他能順利升上高中就謝天謝地了。所以為了兒子，我決定接下這件荒唐事。不，其實不是為了兒子，只是為了自己想鬆口氣而「答應」。於是，我失去了最重要的東西。

那時的我只想掙脫窘境，不想再為錢的事痛苦不已，所以才「答應」。

我開始搜尋適合的獵物，無奈每次都沒成功，眼看期限迫近，開始有點焦慮心急。

我看見抱著盒裝牛奶的妳走在早上的公園裡，決定對妳下手。

「這附近有牙醫嗎？」我向妳搭訕。

「叔叔有蛀牙嗎？」妳親切的回應讓我多了點從容。

「嗯，我給妳看。」

我張大嘴，妳一臉認真地窺看，問道：「是哪一顆牙齒？什麼顏色的呢？」

我心想：「什麼嘛！挺好騙啊！」只要順利把妳迷昏、拐上車，載到約定的地方交差就行了。這麼一來，我就不用再為那些事煩惱了，不管是八百萬的債務、還是兒子上高中的事。只想趕快解決這些麻煩事，便顧不得女孩之後會怎麼樣。就算她最後被殺了，也是意料中的事。

那時的我露出什麼樣的眼神？表情如何？還像個人嗎？那時我的腦子裡只想著一件事，不是錢的事，也不是妳的事，而是趕緊下手為妙。

「為什麼沒殺我？」關於這個問題啊。就在我拚命翻找放在包包裡的藥時，妳突然唱起了歌。還記得妳哼的歌嗎？

請來喝茶。

好的，你好。

承蒙照顧。

好的，再見。

我邊聽著妳那童稚歌聲，心想今後妳將會遇到多少人，又會和多少人道別。這麼形容很奇怪，但那時彷彿瞧見棒球場的觀眾席上，有一整排茶杯的光景。那是我到目前為止和別人碰面，一起喝茶的次數，今後也會繼續增加吧。我在想，妳的茶杯又是如何呢？在廣闊的棒球場上只排了十個茶杯。

我和妳在此相遇，也是我讓妳無法再遇見別人，總覺得自己好像做了天大的錯事。妳遇見我，我好好地對妳說「再見」，然後妳又邂逅另一個人，這是人生這場遊戲必須要遵守的規則，不是嗎？

我忘不了妳說的「再見」。妳抱著盒裝牛奶，一階一階小心翼翼地步下天橋的臺階，頻頻回頭，揮著手朝我喊著：「再見！」我忘了說「再見」，只是怔怔地看著這光景。

這算是一種回應嗎？

我害怕見到妳，所以好一陣子沒回診，卻又覺得必須好好告訴妳才行。於是我又開始回診，卻沒看到妳，心想妳應該是出院了。

我覺得自己的人生很糟，後來因為欠債始終過得很苦，大兒子年紀輕輕因為吸毒身亡，我覺得一切都是我害的。但要是那時殺了妳，我可能連現在這樣的人生也沒有，一想到此，就覺得多虧妳那時的歌聲，讓我不至於一無所有。能夠看到活生生的妳，長大成人的妳，真是太好了。也慶幸那時沒殺妳。

妳是否像棒球場上排成一列的茶杯那樣遇見了許多人呢？我們隔了四十年之久又見面，妳的神情是如此沉穩。我心想，妳一定過著充實滿足的人生吧。因為妳的神情，讓我感覺所有和妳相遇的人都很感謝我。也就是說，我的人生受到肯定，還是有那麼一點正向能量。對於我來說，這是莫大的歡喜。

我請耳鼻喉科的護士轉交這封信，其實按規定是不能這麼做的，但因為我看起來很沮喪，所以護士好心可憐我。如果妳能收到這封信，再也沒有比這更叫我開心的事了。

我心裡只有一個遺憾，那就是三十七年前沒能好好地向妳說「再見」；明知如此，當妳在候診室主動和我說話時，我卻連招呼也沒打就逃走了。既然遇見就要好好說再見，這也是一種世間規則。

很感謝六歲時的妳，謝謝。還有，再見。

佐山啟太

看完信的鷹子抬起頭，瞧見三名護理人員正忙著將病情惡化的病患轉送別處。剛才那位將信轉交給她的護士也在其中，只見一臉嚴肅的她小跑步地跑向電梯。

直到那須美住院之前，鷹子從未切身感受到死亡一事離自己這麼近。雖然父母過世時眞的很難過，卻也有種無可奈何之感；但是比自己年輕的妹妹竟然就這樣撒手人寰，著實無法接受。鷹子看著這封信時，深深覺得世人是活在多麼險惡的世界。

那天早上，是鷹子叫那須美去買牛奶的。因爲家裡的牛奶喝光了，店那邊的牛奶也還沒送來，所以母親叫她跑一趟，懶得出門的鷹子便和妹妹用猜拳決定誰跑腿。

鷹子心想，倘若那天早上那須美沒回家的話，不僅自己，三十七年後的現在，全家人的人生都會蒙著揮之不去的陰影吧。幸好沒發生憾事，著實鬆了一口氣。能夠不懷怨恨地活著，是多麼幸福的事啊！

鷹子再次看著滿懷誠意的文字，心想男子遇到那須美，重振自己的人生，或許不全是偶然，因爲總覺得這字跡不像那種只想擺爛過活的人寫的；或許男人無意識地選擇了能讓自己找回善良之心的那須美吧。而那須美爲了自救，不自覺地哼起那首歌。

一想到此，鷹子覺得是那須美有意讓自己看到這封信，希望自己離世後，能夠多少減輕姊姊的悲傷。這是她的體貼。

鷹子將信收進包包最裡面，步出醫院。對了，沿路順便去買明天要喝的牛奶吧。雖然明天店就要恢復營業，但好久沒特別去買這東西了。

那是什麼時候的事呢？以矗立在蔚藍晴空下的富士山爲背景，那須美雙手扠腰地站著，說：「無論好事還是壞事都得接受，全力做好！」

回想起來，那須美的確是這麼活著。明明她的人生遭遇過不少挫折，卻總能一笑置之。

外頭的街景一如往常，卻張著縱橫交錯的命運之網，雖然肉眼瞧不見，但它確實存在著。人與人之間就像柔軟的毛線般緩緩交錯，所有事物都朝著意想不到的方向展開。

「好了。一如往常的過日子吧。」

沐浴在溫暖陽光下的鷹子喃喃自語，緩步走向車站。

第8話

鷹子接到一通電話，是名叫加藤由香里的女人打來的。「聽說那須美小姐過世了。」

鷹子對這名字很陌生，所以有點警戒地詢問對方是否是那須美的朋友，對方卻沉默不語，遲了片刻才回道：「她住院時，我去探望過一次。」

聽對方這麼說，鷹子想起有次利用午休時間去探望那須美時，剛好撞見一名年輕女子步出病房。鷹子提起這件事，對方語帶興奮地說：「是的，我就是那個人。」

鷹子心想口氣這麼興奮，對喪家不是很失禮嗎？對方的情緒倒也馬上收斂，「其實我剛好來到府上附近，想說如果方便的話，可否讓我上個香？」嗓音變得低沉。鷹子禮貌地回了句「當然可以」，便掛斷電話。

隨即趕緊收拾矮桌上、桌子下方散亂一地的煎餅屑、用過的茶杯和點心包裝紙、報章雜誌等，然後請因聽到電話響，而前來察看狀況的笑子姑婆拿個客用坐墊。結果笑子還特地拿了店裡販售用來送禮的饅頭。

「有先用收銀機刷過嗎？」鷹子問。

「不是我要吃啦！是給客人吃的。」笑子沒好氣地說。

不管是給誰吃，一定要先用收銀機刷過，不然庫存量會有誤差。鷹子叮嚀過好幾次，笑子卻到現在還是連結個帳都會出錯。只見她邊嚷嚷「好囉嗦喔」邊走開，卻還是很在意客人來訪一事，所以沒直接躲回自己的房間，而是從廚房餐具櫃旁探出頭，好奇地問：「對了，誰打電話來啊？」

「好像是那須美在東京時認識的朋友。」鷹子回道。

「肯定很厚臉皮吧。」笑子斬釘截鐵地說。

前來給那須美上香的加藤由香里看起來約莫三十好幾，穿著露出衣領的白襯衫搭配藍色長裙，外罩深藍色開襟毛衣，打扮十分清爽，頭髮也盤得整整齊齊，是個說起話來感覺很爽朗的女性。

笑子跟在招呼客人進屋的鷹子身後，一臉警戒地打量來客。

加藤由香里看到擺在佛壇前嶄新白木臺上的骨灰罈時，哽咽地喊了句「小國小姐」便奔向前；隨即意識到自己有點失態的她趕緊依禮節跪坐在坐墊上，捻香默禱。

笑子眼尖地發現客人帶來的供品是東京某知名水果店的包裝紙，所以等加藤由香里稍微起身，她就立刻抱起供品，眼觀四周，衝回自己的房間，像野貓般迅速消失。

因爲這情形司空見慣，鷹子一點也不詫異，倒是加藤由加里瞧見笑子的行爲，感嘆道：「原來是眞的啊！」

然後看著消失在另一頭的笑子，向回過頭的鷹子解釋：「果然和小國小姐說的一樣。」

鷹子恍然大悟似的呵呵一笑。

「想說她肯定誇大了。」

「如妳所見，比那須美說的更誇張吧。」鷹子想起那須美很會模仿笑子，不由得竊笑。

在鷹子準備茶水的時候，加藤由香里很在意什麼事似的，頻頻伸長脖子看往廚房的方向。

「怎麼了嗎？」只見被鷹子這麼問的她神情變得嚴肅，「其實我能感應到超自然的力量，總覺得廚房那邊有一股很強的力量。」一吐為快似的說。

那表情就像準備從高處一躍而下般堅決。無法反駁的鷹子只能含糊回應：「啊，是喔。」

「方便讓我過去看一下嗎？」

加藤由香里站了起來，一頭霧水的鷹子只好帶路。

只見她邊說「抱歉、不好意思」，邊四處察看。鷹子看著她做出類似電視上靈媒的動作，竟然不由得心生佩服。

「啊，就是那個吧。」加藤凝神望著天花板，說道。一頭霧水的鷹子也跟著抬頭。「就是那裡。」

她指著吊掛月曆的柱子上方，有個黑點似的東西。鷹子怔怔地張嘴，凝視那個看起來像眼睛的小黑點，感覺還有睫毛，眼瞳閃閃發光，莫名地讓她心跳加劇。

「那是什麼啊？」鷹子詢問直盯著柱子的加藤由香里。

「我也不清楚，就是從那裡迸發力量。」依舊盯著柱子的加藤回應。

加藤由香里探望那須美的那天，那須美像是面對昨天才道別的朋友般招呼著，「妳還眞是挑對時機來呢！我今天剛好情況不錯，想找人說說話。」

兩人已經十五年沒見了。其實原以爲不會再見面，畢竟怎麼想都是加藤由香里的錯，她背叛了那須美。

「我們去外面走走吧。」

那須美一臉認眞地說，踩著穩穩的步伐帶路。加藤由加里看著那須美那瘦弱許多的背影，相當難過。

兩人在便利商店買了飲料，坐在中庭長椅上時，那須美笑著說。

「天空好像畫出來的呢！」

加藤由香里像是初次意識到頭頂有片天空似的仰頭，有朵雲孤零零漂浮在蔚藍晴空，像一頭毫無陰影的雪白羊兒。

「對不起。」這是加藤由香里最想說的一句話。「我……」

接著就說不下去了。明明在電車上揣想各種說詞，但看到久違的那須美依舊露出和好幾年前一樣「信賴」的神情，光是這樣就讓她想哭。

「我也有錯，我性子急，沒考慮後果就做了那種事。」那須美凝望遠方，說道。

那件事是指那須美連續揍了上司兩拳。加藤由香里和這位有婦之夫的上司搞婚外情，結果承受莫大壓力的她找那須美商量。

「這根本犯法啊！」聽完來龍去脈的那須美這麼說。

聽到「犯法」這詞的加藤由香里嚇得臉色大變，一再強調沒那麼誇張啦，拚命為上司辯解。那須美卻蹙眉，回了這句話：「可是他這麼做眞的犯法啊！這種事應該報警吧。」

加藤由香里沉默不語，對話就此打住。後來這位上司決定跳槽到別家公司，由香里也和他漸行漸遠。那須美想說，要是她內心受的傷能因此慢慢癒合就好了。

那是替這位上司舉行餞別會時的事。那男人從車票套拿出女兒的照片，秀給周遭人看，因爲他女兒考上著名的私立中學。這張照片也傳到由香里坐的這一桌，坐在對面的那須美看她面帶笑容，和坐在旁邊的主任一起看照片的模樣，實在壓抑不了怒氣。

因爲這個沒品男人帶由香里去他朋友開的婦產科診所，明明說好只是做個檢查，卻神不知鬼不覺地拿掉她肚子裡的孩子。那男人就是什麼事都只想到自己的自私傢伙，所以會幹出這種事一點也不奇怪。

步出店外時，那須美覺得不能就這樣放過這種爛男人。

一回神，才發現自己痛毆上司，而且揍了第二拳才覺得手好痛。後來她被上司打倒在地，對方還朝她的臉猛揮拳。那須美被打得滿嘴是血，門牙都斷了，上司的攻擊力道依然未減。她在朋友的幫助下勉強起身，赫然發現其他人早已鳥獸散，就連站在一旁怔怔看著的由香里也不見人影。

約莫一個禮拜後，兩人偶然在走廊遇到時，由香里只是默默地向她深深行禮，那須美不懂她這麼做是賠罪還是什麼意思，只能回應「沒事、沒事」。後來彼此盡量避免打照面，就算遇到也絕口不提這件事。

坐在醫院中庭的兩人望著緩緩移動的雲朵，心想眞的發生過那種事嗎？那須美看著瘦到皮包骨的手腕，想到竟然用這種手痛毆那男人，不禁啞然失笑。

「小國小姐離開後不久，我也辭職了。現在在一家小出版社工作。」加藤由香里拿出名片。

那須美「哦」了一聲，接過名片。

「記得妳說過想做編輯方面的工作，眞是太好了。」

加藤由香里聽到那須美的眞心道賀，卻低著頭說：「其實……我很差勁。」一副快哭出來的樣子。

「被小國小姐揍的傢伙介紹我去這家出版社工作，算是用我墮胎的代價換來的工作。」

又瞧了一眼名片的那須美，發現加藤由香里那擱在薄荷綠裙子上的雙手緊緊握拳。

「是喔。妳來找我是爲了說這件事。」那須美說。

由香里像個孩子般乖順點頭。那須美清楚感受到身爲被害者，也是加害者的她因爲這件事煎熬了不少年。

「是的，我就是個沒骨氣的傢伙。」

壓抑很久似的由香里一臉痛苦地吐出這番話。

「妳就在這間公司好好工作吧。」加藤抬起頭，那須美微笑看著她。

「我還能繼續做這份工作嗎？可是……這工作是用孩子的命換來的。」加藤一臉痛苦地說。

「所以妳要做些金錢無法取代的工作啊！要做出讓大家讀得開

心，鼓勵自己明天也要加油的書。」

就在由香里不知如何回應時，那須美以平靜的口吻又說：「妳要做的是與失去的孩子一樣有價值的工作，這就是我們在這世上能做的事。」

加藤由香里抬起頭，撇著嘴，拚命忍住就快奪眶的淚水。

「所以，妳願意原諒我囉？」

「笨蛋！不是爲了求得別人的原諒而做啊！既然失去的是金錢換不來的東西，那就只能還以金錢換不來的東西囉！總之，做就對了。」

由香里露出不明白那須美是基於什麼理由，說得如此斬釘截鐵的疑惑表情。

「我真的做得到嗎？」

「我會看著妳，做吧。」那須美望著青空，這麼說。「我會一直看著妳。」

加藤由香里抬頭望著刻在廚房柱子上的眼睛，一臉不可思議地對鷹子說：「我感受到那須美小姐傳來的訊息。」

鷹子也露出不可思議的表情。

「既然失去的是金錢換不來的東西，那就只能還以金錢換不來的東西。」

「那須美這麼說嗎？」

「是的。」

「她竟然這麼說。」鷹子望著柱子上的眼睛，露出了然於心的表情。

「我會看著妳，做吧。我會一直看著妳。」聽到加藤由香里脫口而出這句話，「她眞的這麼說？」鷹子像孩子般驚呼，隨卽露出泫然欲泣的模樣。

「那須美眞的這麼說嗎？」

「是的，她這麼說。」加藤由香里也克制想哭的衝動，斬釘截鐵地說。

由香里步出那須美的老家，回頭一望，富士山近在眼前，上方是一片蔚藍晴空。

她朝向天空，對那須美喊道：「我這麼做是對的吧？」

兩人坐在醫院中庭聊了一會兒後，那須美邊伸懶腰，邊說：「還眞是不可思議呢！我能對加藤說這些話，卻無法對家人說，總覺得難以啓齒。」

「妳就告訴他們嘛！」那須美聽到由香里的提議，忽然想到什麼似的，將拜託笑子嵌上那顆鑽石的事告訴由香里。

「我死了之後，要是我姊還是無法振作的話……不能馬上說哦！大概過一個禮拜吧。可以麻煩妳幫我轉達這些話嗎？」

「沒問題，請讓我做些金錢換不來的事。」由香里回道。

加藤由香里走在通往車站的路上，不自覺地哼起歌。

請喝茶。好的，你好。承蒙照顧。好的，再見。

這是那天道別時，那須美教我唱的歌。我姊泡的茶很好喝哦！那須美所言果然不假。我選的果凍不曉得合不合他們的口味呢？要是他們喜歡就太好了。加藤由香里由衷祈願。

付出、獲得，我就是活在這樣一再反覆的過程中。原來如此，這就是用金錢換不來的東西啊！加藤由香里走在那須美已經走膩的路上，這麼思忖著。

第9話

利惠盯著擺在「魚源」店頭的鮮魚，老闆對她說了句：「今天的沙丁魚很便宜哦！」

「沙丁魚啊……」利惠不太滿意似地嘆氣。

「今天的沙丁魚拿來做生魚片很棒哦！用手剝開，再用冰水洗一洗，沾點生薑醬油吃，超好吃的啦！」

老闆八成想趕快賣掉沙丁魚吧。早就打開塑膠袋口等著。

「我今天啊，想買更能讓我大顯身手的魚。」

利惠經過一番苦思後，決定買四分之一的鰹魚，還特別要了魚背部分，回家路上再想想要做成生魚片還是燉煮。

老闆一邊用保鮮膜包好放著魚片的盒子，一邊對利惠說，「今天是什麼日子啊？難不成是結婚紀念日？」

「我家那口子才不會記這種事呢！」

老公清二連生日都不過，所以家裡根本沒在過什麼紀念日。

「今天要開餞別會。」

老闆聽到利惠這麼說，「和另一半？」立刻揶揄。

「要是這樣就好了。」

「還眞敢說啊！明明感情好得不得了。」

對了。不知爲何，大家都覺得「BARBER NAKAMURA」的夫妻感情很好。兩人確實沒吵過架，但十八年前，也就是婚後隔年，利惠曾離家出走，這件事連淸二也不知情。

利惠準備好晚餐時，洗完澡的淸二走進廚房，瞥見煮好的蠶豆，臉色驟變地「哦」了一聲。因爲他很喜歡吃，但妻子很少買。淸二看著端來撒上滿滿的蔥、生薑、囊荷的燉煮鰹魚，「今天是怎麼了？」啣著蠶豆，問道。

「什麼意思？」

「沒看過妳買囊荷啊！妳不是嫌它貴嗎？蠶豆也是。」

「今天啊，就像餞別會囉。」

「餞別會？和我？」

清二一臉害怕地問。雖然魚店老闆也說過同樣的話，但清二這句話聽在利惠的耳裡格外刺耳。

看來清二完全忘了。今天是那須美往生後的第四十九天。利惠從祖母那裡聽聞過好幾次，往生者經過四十九天後就要去遙遠的地方，所以她覺得這是特別的日子。

利惠突然想起飛機在夜空中發出忽明忽滅的光，那天離家時就是看到這景象。

清二要出門和同業聚會那天，利惠按照計畫帶著事先收拾的行李離家。畢竟就連很少盡情享樂的清二也難敵大前輩的盛情，勢必喝到凌晨才回家，所以利惠覺得再也沒有比這天更適合行動了。

她之所以想離家，並非對丈夫有何不滿，只是收到高中一起參加美術社的朋友寄來的畫展邀請函。

利惠雖然喜歡畫畫，但從沒想過要靠這吃飯，所以聽到沒念藝術大學的高中同學還持續作畫一事，著實很吃驚。畫展一事上了報，被譽爲備受矚目的新人。利惠看著面露和高中時一樣的表情、開朗燦笑的朋友照片，內心備受衝擊。

相較於凡事都很靈巧幹練的利惠，這位朋友是個做什麼都慢半拍的女孩，所以利惠一想到自己竟然輸給了這樣的人，心情就很複雜。

一直以來，清二對利惠而言就像個無話不談的夥伴，從沒對他隱瞞過任何事；但唯獨這樣的心情不想讓丈夫知道。

利惠就這樣藏著這祕密過日子，一想到要是被朋友看到自己每天折著一大堆毛巾，一天要掃好幾次落在地上的頭髮，就覺得好害怕。心想自己這模樣是不是看起來很悽慘？甚至覺得自己之所以變成這樣都是這間店害的，也就是清二害的。

我要離開這個家。利惠思來想去，覺得只有這方法可行。倒不是厭倦理容店的工作，也覺得這工作挺適合自己，只是想到往後十幾、二十年都得做這工作，也無法像別人一樣週末假日出遊，甚至還能想像六十歲時的自己，無論是替人家刮鬍子的手勢，還是攤開毛巾時翹手指的習慣，一定也和現在一樣。客人也一如往常打聲招呼，走進店裡，聊同樣的話題，剪個同樣的髮型回去。幸好兩人還沒有孩子。

離家出走的利惠打算投靠住在東京的表姊，暫時借住她家。這段時間她會盡量找份工作、找房子；本來一開始想找熟悉的美髮相關工作，但愈來愈想嘗試不同的行業類型。

走在夜深人靜的的月臺上，行李箱輪子發出的喀咚喀咚聲聽起來格外大聲。

利惠一抬頭，瞧見有個同樣帶著行李箱的女子坐在長椅上抽菸，原來是家裡經營超商的小國家次女那須美。對方也馬上察覺到她的存在，翻了翻白眼，輕輕點頭，利惠也回禮，兩人就這樣瞅著彼此的行李箱。

利惠想說就這麼快步走過也不太好，索性坐在那須美旁邊。總覺得明明打算離開這裡，卻還在顧慮這個、顧慮那個的自己眞的很蠢，實在很厭惡這樣的自己。那須美似乎也這麼想，只見她親切微笑，捻熄剛點著的菸。

兩人沉默半晌後，那須美先咯咯笑出聲。

「不好意思。我明明打算離開這裡，卻又爲了顧慮自己的形象，捻熄菸，自己想想都覺得可笑。」

所以她也拖著行李箱啊！利惠恍然大悟。

「中村小姐要去哪裡？」那須美收起笑容，問道。

「我也打算離開這裡。」

看到利惠一臉認眞地回應，那須美笑得比剛才更大聲。「兩個離家出走的人並肩坐在這裡？」

而且繼續笑個不停，利惠也笑了。兩個打算離家出走的人並肩坐在一起，看在別人眼裡肯定很可笑吧。

「我這是第二次離家出走囉。不過，第一次沒成功就是了。」那須美這麼說之後，默默地看著有點怔住的利惠。

「我知道，是和我家那口子，對吧？」

聽到利惠這麼說，那須美也很乾脆地回道：「原來妳知道啊。」

「有個人特意告訴我。」

「就是有這種笨蛋。」

「都是因爲我家那口子搞錯日期，眞是不好意思。」利惠不是在挖苦，而是眞心誠意道歉。

「不是這樣的，其實我根本沒赴約。」

「咦？是這樣嗎？」利惠初次聽聞。

「其實我本來想赴約，可是啊，當我拿著行李下樓時，看到我姑婆在洗紅豆。」

笑子姑婆做的豆沙糯米糰，每次一推出就立刻銷售一空。

「姑婆洗紅豆的樣子……怎麼說呢？說是溫柔嘛……好像不太對。疼惜？滿滿的愛？啊啊～好像也不對。眞是的！怎麼愈說，感覺差愈多啊！」

那須美不知該如何形容，一臉懊惱地敲頭。

利惠明白那須美想要表達的感覺。記得自己嫁過來時，還在世的公公是個做事一板一眼的人，利惠尤其喜歡看他老人家保養工具的模樣。

明明長久以來都是在做同樣的事，他卻還是那麼細心呵護每一項工具。一想到公公也是用這雙手抱著還是嬰孩的清二時，利惠便覺得這個家有太多必須守護的東西。

「明明是再熟悉不過的事，卻還是一如初心的對待。」利惠不由得喃喃道。

「沒錯！就是這種感覺！就像初次接觸似的仔細搓揉每顆豆子。看到這一幕，就覺得自己像是那些紅豆，也是被這樣呵護長大的。」

「所以才打消離家出走的念頭嗎？」

「那時候的我很想去一處和這裡截然不同的地方，想去那裡做些什麼。心想也許離開這裡，鬱悶的心情就能豁然開朗吧。但是看到姑婆洗紅豆的樣子，我覺得自己錯了。其實我只想回到過去，回到母親去世前的自己，就像那些紅豆一樣，想被仔細清洗。」

利惠想起公公洗手時的背影。無論是碰觸客人的頭髮之前，還是工作結束後，他總是仔細洗淨雙手；對待利惠也是，一直很疼愛這個嫁進中村家的媳婦，有耐心地教導什麼也不會的她。

「我也只是想回到過去。」利惠自言自語似地喃喃著。

找回公公還在世時，一心只想做得更好的心情，還有總有一天必須和清二一起扛起這家店的決心。這不僅是一種使命感，也蘊含著光明的希望。

「我想回到公公還在世時的自己。」

利惠脫口而出這句話時，發現自己眞心這麼想。起初希望店裡能一直很順利地經營下去，但是當一切都變得理所當然時，卻覺得重複同樣的事很痛苦，所以朋友的畫展便成了逃避的藉口，其實自己只是厭倦現在的生活吧。

「當然沒問題啊！」那須美若無其事地說。「起了這般念頭的瞬間，就能回去囉。」

眞的是這樣嗎？利惠仰望夜空，剛好有飛機從頭頂上方緩緩飛過；雖然夜色昏暗得看不見機身，卻瞧見機翼上的光一閃一滅，徐緩移動著。那須美也抬頭望著夜空。

「妳看，連飛機也在說『是啊、是啊』。」

被那須美這麼一說，那一閃一滅的光看起來還眞像在說「是啊、是啊」。漸行漸遠的光點變成小點點，幾乎看不見。利惠依舊凝望夜空，彷彿過世的公公就在那裡似的。

忽然，消失於遠方的飛機附近出現小小的亮光，瞧見這光景的利惠感慨萬千。原來如此，就算看不見，還是在天空的某處發光。公公並沒有離開那間店，只是我看不到而已。

他老人家在哪裡呢？一想到此，蜷縮起身子的利惠不禁落淚，因爲她發現公公不在別處，就活在她心裡，無論是她替客人刮鬍子的姿勢，還是拿熱毛巾時翹起手指，都是公公的習慣動作。

即便聽到通知末班車進站的廣播，利惠的淚水還是止不住。

那須美窺看她，說道：「可以拜託妳一件事嗎？」

「可以請妳目送我離開嗎？就像剛才那架飛機，目送我離開直到看不見爲止。」然後催促利惠：「妳啊，就回去吧。」

利惠問走進車廂的那須美：「妳已經不想回到過去了嗎？」

「現在的我啊，想成爲別人的歸屬，想成爲任誰都想回到我身邊的人。」

那須美這麼說時，電車門關上，載著她的電車逐漸駛離。

利惠拉著行李箱，站在月臺上目送著；如同兩人的約定，一直目送到車廂內的燈光逐漸變小，終於看不見爲止。

利惠又拉著行李箱通過驗票口，走在來時路。一回到家就先開燈吧。不管清二幾點回來都知道這裡是他的家。

「我知道了。」吃著鰹魚料理的清二突然大喊。「妳決定不再看韓劇了。」

「怎麼可能！我還有很多齣沒看耶。」

「還不是妳說什麼餞別會！到底是要向什麼告別？」

「一直以來的自己。」

「什麼嘛！」清二悻悻然地再次挾起鰹魚。

「我不再滿腦子只想著自己的事了。」那須美的那番話到現在還沁透著利惠的心。

我也想成爲別人的歸屬，想成爲任誰都想回到我身邊的人。

這是利惠現在的心情。

「其實啊，我懷孕了。」

清二不由得坐直身子，目不轉睛地看著利惠，「眞的嗎？」

「嗯，我去醫院檢查過了。」

「是喔。」清二心神不寧似的嚼著蠶豆。

「什麼嘛！看你好像不太高興的樣子。」

「不是啦！是喔。我們有孩子了。」

清二的內心像是有什麼萌生，有什麼遠去。就在他抓起蠶豆塞進嘴裡，反覆咀嚼時，內心湧現莫大欣喜。

「洗澡水得重放才行。」清二突然開始說些有建設性的話。

清二以他的方式在短短時間內有了某種覺悟，利惠也清楚感受到他的心情。

利惠感嘆兩人在一起這麼久了。明明生活在同一處地方，卻一直有在旅行的心情。感覺載著我們的交通工具，現在正朝著某處直衝而行，我們終將成爲那天和那須美一起瞧見的小光點吧。利惠想像兩人在夜空一閃一滅的樣子。

應該會有個人，或許是剛住進我體內的小生命會目送化成光點的我們遠行，直到看不見爲止。若是這樣的話，我的人生就無憾了。

第10話

哥哥啓介一直霸佔洗手間，沒聽到水聲，也沒用吹風機的樣子。

愛子探頭窺看，正將瀏海往上撩的啓介露出威嚇眼神，斜睨道：「幹嘛？」愛子嚇得趕緊縮回脖子，心想這傢伙八成交了女朋友吧。

明明從不用梳子梳頭的他今天卻梳整了好幾次。看來老哥也即將告別處男身分啦！愛子哼笑。

愛子的笑聲像是含在口中，發出咻咻咻的聲音，要是有人聽到，肯定不覺得這是笑聲，而是擔心她是不是吃東西噎到了。

啓介從小就有點胖，愛子則是營養全被哥哥吸走似的纖瘦。愛子認爲被吸走這說法可不是比喻，而是事實。

哥哥直到五歲還斷不了母奶，加上母親還得哺乳小愛子一歲的妹妹明菜，所以愛子幾乎沒喝到什麼母奶。

可能是因爲這緣故吧。愛子對於吃東西一事不是很感興趣，從懂事開始不管吃什麼東西都很容易吐出來，食量也就愈來愈小。

愛子最討厭吃的食物是咖哩，因爲母親爲了肉食族的啓介，總是放了一大堆薄牛肉片。但是薄牛肉片對她來說，是很難吞嚥的食物，所以每當母親要做壽喜燒款待來訪的客人時，愛子就覺得好痛苦。畢竟在不熟的人面前要想辦法吐出哽在喉嚨的半片牛肉，眞是羞恥、悽慘到叫人想死，倒不如連碰都不碰，所以愛子不吃牛肉。

母親倒也不是有什麼壞心眼，就是個性大剌剌的，對愛子始終漠不關心。明知女兒不喜歡吃肉，她卻每個禮拜都煮一次咖哩；因爲要花心思想些討啓介歡心的菜色也很麻煩。所以每逢咖哩日，母親端給愛子的盤子上只有白飯，她就加顆蛋拌著吃。

愛子長大成人後，做健康檢查時發現肺部有陰影，雖然醫師說應該是很久之前因爲感染肺炎而留下的傷疤，但她不記得自己罹患過肺炎。

因爲從小就有點吞嚥困難，可能是食物進入肺部而引發肺炎。愛子將此事告知母親，母親卻像是被法官判刑的犯人一樣激動否定，打死不承認有這回事。

身爲建設公司老闆的父親不太關愛兩位女兒：應該說，因爲他在手足都是男生的家庭中長大，不曉得如何和女兒相處吧。這樣的他可是大力栽培兒子啓介。

愛子從小看著這樣的父子關係，時常嗤之以鼻地想：「哼！眞是物以類聚。」

怎麼說呢？父親認爲女孩子沒必要上大學，頂多念個短大就行了。所以上了高中的愛子不管再怎麼用功，還是得依父母的意思念短大，畢業後進入父親客戶的公司或銀行工作，然後在職場拚個三年，就和父親屬意的對象結婚。對方應該是個金錢觀非常務實，深受客戶喜愛的男人吧。不過，肯定也是那種女生不會喜歡的長相。愛子覺得自己是那種逆來順受，個性溫吞的女孩子。

升上高二的第一次體育課，老師要求同學們要從二樓的觀衆席往下跳。

愛子曉得這是這所學校的慣例，但站在二樓的欄杆往下看，發現高度還滿高的，即使下面鋪著好幾層軟墊，她還是遲遲不敢跳下去。

因為是那天的最後一堂課，所以跳下去的人可以直接放學回家，只見不少人收拾好東西，返回更衣室，眼看穿著球鞋的雙腳呈現內八站姿，一邊嬌嚷「不行啦！我不敢啦！」的女孩也往下跳，成了最後一人的愛子就是沒膽縱身一躍。

為什麼非得這麼做不可呢？實在不懂。愛子很氣那些明明被逼著做這麼不合理的事，卻選擇一聲不吭，乖乖往下跳的同學們。

抬頭往上看的體育老師彷彿看穿愛子的心情，用響遍體育館的聲音這麼說：「妳在想，做這種事究竟有什麼意義，對吧？不過啊，這世上就是有這種事。到時妳會因為沒人幫妳而哭嗎？妳覺得這樣好嗎？」

即便如此，愛子還是沒有任何行動，老師也不再多說什麼，默默地等著她跳下來。

從上面往下看，空無一人的體育館地板比想像中來得寬敞光亮，有如平靜的湖面，老師仍舊抬頭望著愛子。

愛子心想：這是一處只爲了我而存在的空間，這是一段只爲了我而存在的時間，沒想到這世上還有這種東西。明明陷入窘境，卻覺得此時此刻無比奢侈。

結果愛子忘了那天自己是否有跳下去，但老師大喊「這世上就是有這種事」的聲音卻始終殘留耳朵深處，所以愛子初次見到疑似啓介的女友時，心想，莫非這就是老師說的「就是有這種事」。

啓介的女友年紀比他大很多。已經二十四歲的愛子也如父親所願，在一家販售中古建設機械工具的公司任職，但還沒結婚就是了。直到現在愛子才發現結婚對於父母而言，不過是個終點；明明如此，自己卻被洗腦了。

啓介的女友看起來三十幾歲，搞不好已經四十好幾也說不一定，穿著看起來沉甸甸、裙襬寬寬的裙子，搭配柔軟蓬鬆的毛衣。愛子比還在整理瀏海的哥哥先步出家門，瞥見那女人站在離玄關不遠處的電線桿旁抽菸。愛子感覺女人好像有瞄到她出門，主動向她點頭打招呼，對方也挾著菸，向她點頭問好。

「在等我哥嗎？」愛子忍不住問。

只見女人有點不太好意思地「嗯」了一聲後，揮著沒挾香菸的右手，向還想說些什麼的愛子說了句「沒事、沒關係」。

因爲這動作像是在催人走，所以愛子曖昧地笑笑便走了。

居然站在路邊抽菸……愛子邊走邊想，在心中暗罵「看起來笨笨的」；然後走向車站的她又想：「要是那個人和老哥結婚的話，不就成了我的嫂子嗎？」不由得倒抽一口氣。

只見愛子猛然回頭，瞧見莫名其妙的女人仰望天空，似乎覺得什麼很奇怪似的咯咯笑。這舉動讓愛子以爲是否自己穿著奇怪，馬上檢查渾身上下。

女人察覺到愛子的疑心，趕緊揮手說：「不是啦！不是啦！」並指著上方。

蔚藍晴空只飄浮著白雲，哪裡有趣呢？女人又指向天空，笑著。覺得心頭發毛的愛子趕緊往前走，一邊走，一邊想著要是哥哥和這女人結婚，還眞是可怕啊。

愛子又想起體育老師說的那句話「這世上就是有這種事」。明明我沒做什麼壞事，爲什麼要叫那個眼神邪惡、看起來腦筋不太靈光、氣質不好的女人爲嫂子，讓她闖進我們家呢？

眞的很莫名奇妙、太莫名奇妙了，簡直令人匪夷所思。愛子思忖著要不要向爸媽打小報告，但一想到家人根本不會相信她說的，也就作罷了。

「到時妳會因爲沒人幫妳而哭嗎？妳覺得這樣好嗎？」

老師的話不斷在腦中迴響。莫非我必須做些什麼嗎？恐怕這是愛子有生以來頭一次遇到的難題。

「那須美她啊！」

啓介提起這名字時，愛子心想：「誰啊？」隨即想到是那女人，不明白怎麼會有人取這麼怪的名字。

啓介理所當然似的又說了一次「那須美她啊」，然後一臉困惑地看著愛子：「她叫我下次帶妳一起出來。」

「妳可別當眞哦！」啓介一如往常目露凶光地要脅。

要是我真的跟去，他肯定很傷腦筋。

愛子明知如此，卻反射性地回了句：「當然要去！」想說跟去確認對方到底是個什麼樣的女人。

「我說妳喔！」啓介一副欲言又止的樣子，可能是察覺到愛子眼神挑釁地看著自己，所以只嘟噥了幾句。

約定的那天，啓介突然闖進愛子的房間，打量用衣架掛著的連身洋裝，問道：「妳要穿這樣出門？」

「要你管！」愛子把哥哥推出房門。

「不准把今天的事告訴老爸、老媽，聽到沒？絕對不能說哦！」

只見原本一臉兇惡的啓介忽然露出怯弱表情，轉身離去。

愛子梳理一番後走出房間，啓介已經出門。要是兄妹倆一起出門，爸媽肯定會問東問西吧。

出了家門，瞧見啓介站在之前那須美抽菸的那根電線桿陰影處，一口接一口地吞雲吐霧。愛子覺得他這模樣和那女人一樣，看起來腦筋不太靈光，不由得想笑。瞧見妹妹出現的啓介捻熄手上的菸，示意她過來後逕自往前走，愛子趕緊跟上去。

只見啓介很自然地走進一間愛子絕對不敢光顧的咖啡廳，愛子也跟著走進去，瞧見那須美坐在最裡面隔出來的四人座，楞楞地望向鑲著藤蔓花樣的窗外。

她一看到啓介與愛子，趕緊像運動社團的後輩般恭謹起身，行禮說道：「今天眞是不好意思。」

愛子覺得有點莫名其妙，默默地和哥哥一起坐在那須美的對面。愛子總覺得這樣的坐法頗怪，啓介與那須美看起來也很尷尬的樣子。啓介一臉緊張地看著那須美，手像運球般上下揮動，示意她坐下。

愛子覺得這情景活像在面試工讀生。

「今天眞是不好意思。」那須美向愛子道歉。「總覺得有個見證人比較好。」

見證這說法讓愛子很困惑。愛子還沒來得及開口說些什麼，啓介便從背包拿出信封，放在那須美面前。

「這是約定的東西。」

「謝謝。」那須美收下信封，裡頭似乎放著一疊鈔票，只見她馬上抽出來清點。

啓介見狀，慌張說：「回家再數啦！」

轡不在乎的那須美熟練地將鈔票攤成扇形數著。「當然要當場點清。」

愛子驚訝地看著那疊鈔票，大概有兩百張一萬日圓的樣子，很難想像在父親公司工作只有五年的哥哥竟然能存到這麼一大筆錢。

之前曾偷看他的存摺，只有二十八萬，所以實在很驚訝這傢伙怎麼會有這麼多錢。

那須美說了句「數目沒錯」，將一張借據似的東西放在啓介面前。啓介像怕被別人看到什麼髒東西似的趕緊將紙條塞進口袋。

啓介站起來，說道：「一起去吃飯吧。」問題是他們點的飲料還沒送來。

「不好意思，今天得處理一些事。」那須美致歉，將信封塞進包包。

完全不明白自己爲何被叫來的愛子趕緊大口喝著總算端來的冰淇淋蘇打。起身的啓介也因爲冰咖啡送來，又乖乖坐下來。

愛子覺得兄妹倆一起用吸管專心啜飲的模樣好蠢。這麼想的她瞅了一眼那須美，只見她像菩薩般一臉慈愛地微笑看著他們，愛子趕緊低頭喝飲料。

冰淇淋在綠色蘇打水裡融化，溢出像雲朵的泡狀物，愛子趕緊用湯匙舀了一口。不知如何形容的味道，不像冰淇淋也不像蘇打水，搞不清楚是什麼的東西就像坐在這裡的自己。

那須美說了句「好可愛喔」，感覺是不禁脫口而出。啓介和愛子同時抬頭。

「怎麼說呢？你們兩個好可愛喔。」喝著黑咖啡的那須美有點難爲情地說。

兩人和那須美道別後，雖然啓介佯裝沒事，但看他那不尋常的走路速度便曉得才不是這麼回事。

「你被那女的耍了。是吧？」愛子喃喃道。

啓介伸出原本塞在口袋的手，回過頭。

「向人家借了一筆錢之後，回去不曉得要幹嘛。」

聽到愛子這番話的啓介睜大雙眼，一把揪住妹妹的領子。「不准妳這麼說她！」

他這麼吼之後倏然鬆手，愛子忍不防跌坐在柏油路上。

啓介覺得自己做得太過分了，趕緊一邊拉起愛子，這麼說道：

「以後妳自己和她碰面吧。」

「什麼意思？」愛子問。

「拜託！妳是聽不懂國語嗎？」啓介又語帶威嚇地兇愛子。

那須美說她每個月還五萬日圓，不是匯款，而是直接還現金。因爲她說想交給妳，妳不是也點頭答應了嗎？

啓介這番話說得愛子一頭霧水。愛子只是看著那須美那剪得很短，沾上綠色的指甲；仔細一瞧，指甲縫裡好像塞了葉子似的東西，搞不好剝完高麗菜才出門。愛子想像那須美在冷冽的早晨，赤手剝著高麗菜的模樣，瞬間覺得她是個很樸實的人。

「爲什麼是我啊？」愛子說。

「我哪知道啊！」啓介無趣似地吐出這句話，逕自往前走。

一到月底，那須美依約聯絡愛子，約在第一次碰面的那間咖啡廳。愛子赴約，瞧見她和上次一樣坐在最裡面的四人座，望向鑲著藤蔓花樣的窗外。

那須美瞧見愛子，露出燦爛笑容，招手說：「這裡、這裡。」

照理說，將裝著五張一萬日圓的信封交給愛子後，應該就沒事了。那須美卻主動聊了起來，包括工作的事、家人的事。也許她從未向別人提過這些事吧。

那須美起身準備離開時，突然說了句「對了」。

「反正妳長得很可愛，盡情傻笑也無所謂囉。」

這麼說的她微笑著，像抽撲克牌似的將帳單挪向自己，那表情就像抽到鬼牌也無所謂般地氣定神閒，讓愛子在心裡暗忖：「怎麼覺得她好酷喔！」

愛子追上步出咖啡廳的那須美。「要怎麼做呢？」

雖然被人家說盡情傻笑也無所謂，但她不曉得該怎麼做。

「什麼？」

「要怎麼盡情傻笑？」

可能是愛子的表情過於認眞吧。那須美不由得咯咯笑。「要是覺得開心就會笑囉，不是嗎？」這麼說的那須美又笑了。

愛子一直在腦中反芻這番話，直到看不見那須美的身影。這是再理所當然不過的事，也是很容易忽略的事；愛子像被網子囚縛的動物般無法動彈，想起那須美的手指甲，今天擦的是白色指甲油，有如雲母般閃閃發光。

「高麗菜之後是雲母。」

愛子覺得這句話像是咒語。沒錯，也許是咒語。雖然總覺得一旦決定的事便很難改變，但也許並非如此。

既然如此，那我就去買那個用假毛皮做的、看起來蓬鬆的粉紅色包包吧。雖然真的很想要，但媽媽肯定會叨唸，就算她不說，我也知道那東西不適合自己，所以每次都故意不看向櫥窗地走過。

愛子抽出裝在藍色信封裡的錢。這是用剝過高麗菜的手賺來的吧。也許用這些錢買那個像雲母的指甲油。這麼想時，就覺得這些錢是自由之身，像是雲遊四海的旅人。

愛子走進便利商店的提款機領了五萬日圓，然後抽出信封裡的五萬日圓塞進自己的錢包，再將領出來的錢塞回要轉交給哥哥的信封內。

她一想到這是那須美賺來的錢，就覺得可以用這些錢買自己想要的東西，而這些錢很適合買那種蓬鬆的東西。

愛子決定前往那家店，她喜歡的那個兔子造型包包乖乖地蜷縮在陳列架上。

「要不要試揹一下？」

愛子搖頭婉拒，將包包遞向店員，請他包起來，然後在收銀檯用那須美的鈔票交換兔子包包。愛子走在夜幕低垂的回家路上，確認四周無人後，像放學回家的小學生般甩著手上的紙袋。

當她將信封轉交給啓介時，只見他面無表情地「嗯」一聲接過，隨手擱在客廳玻璃茶几上，也沒打開看。

愛子心想這傢伙分明是在逞強。過了一會兒，啓介扔掉手上的遙控器，百無聊賴地起身，抓起信封上二樓。愛子悄悄跟著上樓，不知情的啓介突然停下腳步，打開信封，像要確認裡頭還有沒有裝其他東西似的猛搖袋子，想說可能塞著那須美寫的信吧。只見失望的他像狗一樣嗅著那幾張鈔票。

愛子見狀，忍不住驚呼。啓介發現妹妹偸窺，慌忙上樓。

啊，原來如此。從愛子那驚呼一聲的喉嚨迸出笑聲。原來可以盡情大笑也沒關係啊！感覺體內聚積著讓家人皺眉的東西，自己因此一直沒能吐出這些東西而活著。

愛子想起剛才啓介嚇一跳的神情又笑出來，發出連自己都驚訝的宏亮笑聲。聽到笑聲又走回來的啓介一臉驚懼地看著大笑不止的愛子，緊抓著手上的信封。愛子看到哥哥這模樣又哈哈大笑，心想這傢伙眞的很喜歡那須美啊！

愛子每個月和那須美見一次面，這才知道原來她不是啓介的女友。那須美和啓介的前輩交往，某天對啓介說：「聽說妳爸爸經營公司，可以幫幫忙嗎？」

那須美後來才知道啓介是賣了自己的機車才有那筆錢，愛子也想起最近都沒看到哥哥的愛車。那須美頓時覺得自己做了錯事，表明會想辦法彌補，原本不打算說出來的愛子忍不住說：「我哥好像眞的很喜歡妳。」

還不忘補上一句「別看那傢伙已經二十七歲，但他絕對是處男」。

愛子想說那須美應該不會當一回事，沒想到她「嗯」了一聲，沉思著；然後望著天花板說：「若是這樣的話，我真的很想爲他做什麼，也得想想以後的事。」

「妳有交往對象嗎？」愛子問。

「咦？我結婚了。」那須美看著愛子。

「是喔？」

「啓介知道啊！」那須美一口喝光咖啡。

什麼嘛！那傢伙明明知道，幹嘛還嗅鈔票啊！愛子覺得有點心酸。

「要是和我扯上關係，往後就辛苦了。」那須美這麼說之後，又忽然想到什麼似的看著愛子：「不好意思，小愛也和我扯上關係了。對喔，應該是吧。」很傷腦筋似的抱著頭。

「怎麼了嗎？」

愛子一臉認眞地問，那須美只好吐實。「其實我罹患癌症，而且病情不太樂觀，也不想給家人添麻煩，只想平靜地嚥下最後一口氣。」

「癌症」這詞讓愛子屏息。對了，這陣子都沒看到她抽菸。那須美的病情有這麼嚴重嗎？愛子覺得很難過，這才察覺自己驚訝得一時忘了呼吸。

「我也想過和你哥共度一夜，可是和離死期不遠的人做那件事，心裡負擔應該很重吧。」

那須美說這話時的神情十分認眞。

因爲她的口氣像在講別人的事，讓愛子不覺得這是事實，心跳卻莫名加速。

「難道沒有什麼治療方法嗎？不是有化療之類嗎？也許要花很多錢，但我從小學就開始存錢，多少可以借妳一些。」

愛子邊說邊想著啓介要是知道的話，不知會有多傷心，忍不住落淚。

那須美伸手按著愛子的頭，這麼說道：「妳很擔心哥哥吧。」

愛子點點頭。

「小愛眞是個溫柔的孩子啊！」那須美邊說，邊輕撫愛子的頭。

我應該從沒被別人這麼摸頭吧。但不久的將來，這隻手就不會再輕撫我的頭了。這麼想的愛子又哭了。

「別跟你哥說哦！」那須美說。

「我們不會再見面，就讓一切慢慢忘卻吧。一定會的。」那須美很有自信地說，心滿意足似地喝光剩餘的咖啡。

一如那須美所言，啓介向來公司打工的女大學生告白，兩人交往蠻順利的樣子。明明離聖誕節還很久，他就開始計畫有生以來的第一次聖誕約會。

啓介翻著向愛子借來的女性時尚雜誌，看到關於飾品的報導時，頗得意似的自言自語：「我完全不懂這種東西耶！」故意說給愛子聽似的。

那須美的病情似乎每況愈下。「車子停在外面，我沒辦法待太久，不好意思喔。」道歉的次數也變多了。

店外停著一輛車，「這位是外子。」那須美這麼介紹坐在駕駛座上的男人。愛子覺得看起來就是個普普通通、沒什麼記憶點的人。

那須美遞交信封後，馬上離開的日子變多了。縱使如此，她還是遵守分期還錢的約定，但不曉得是否病重到連下車都很困難，只能坐在副駕駛座上將信封交給愛子。無奈這種日子也不長久，某天愛子赴約，發現只有日出男坐在廂型車裡。

「不好意思，那須美今天沒辦法來。」日出男遞出藍色信封。

「她住院嗎？」愛子問。

「嗯，正在手術。」日出男的口氣十分平靜，讓愛子十分詫異。

「你不用待在醫院嗎？」

「我在也不能做什麼吧。」日出男笑道。

愛子心想，也許吧。

「那須美她啊，想開一間店。」日出男眼神上飄地說。「她說就算手術失敗，也絕對不能關店。」

「我……」愛子想起那須美說的話。「她叫我要盡情傻笑。還說就算她死了，我也要盡情傻笑。」

後來兩人每次碰面時，那須美都會這麼說。

「總覺得無法反駁她的話吧。要是無視那須美說的話啊，不曉得會發生什麼可怕的事呢！」

愛子聽到日出男這番話，馬上回應：「我懂。」

兩人不由得相視而笑。

愛子想知道那須美的術後情形，於是將自己的聯絡方式告訴日出男。日出男說了句：「那我回去顧店了。」便離去。

那須美的手術很順利，啓介的戀愛也有不錯的進展。就在來到街上遍染紅色、綠色與金色的聖誕節時，愛子依約在那間咖啡廳等待日出男到來。奇怪的是，日出男遲遲未現身；愛子想說他可能有什麼急事吧。

掏出手機準備聯絡時，瞧見那須美獨自走來，愛子趕緊迎上前。

「妳還好嗎？」

模樣一如初見的那須美有點難爲情地說：「沒那麼誇張啦！」

那須美叫住正要走進店裡的愛子：「對了，要不要去看眞正的聖誕樹？」

其實那須美的意思不是要去看眞的用樅樹裝飾的聖誕樹，而是高大到要仰望的聖誕樹。

「就是最近裝飾在車站附近的那棵聖誕樹啊！我們去看看吧。」

愛子說自己還眞沒刻意去看過什麼聖誕樹，那須美先是說：「這是當然的啊！」又說：「因爲情侶才會去那種地方嘛！」

雖然愛子考量那須美的身體狀況，堅持要搭計程車，但因爲她撒嬌地說想坐公車，所以兩人走在通往公車站的傍晚路上。

坐上公車的那須美像孩子般地將臉貼著窗戶，一副不想漏看任何風景的樣子。

「要是邀你哥一起來就好了。」

那須美看著窗外還在工作的土木工程人員，這麼說。

「我哥現在應該沒空吧。今天可是他生平第一次和女孩子過夜呢！」

聽到愛子這番話的那須美驚訝地回頭驚呼：「眞的假的？」

她們現在要去看的那棵聖誕樹就在啓介預約的那家飯店前。愛子之所以連房間號碼都知道，是因爲她趁啓介不在房間時偷看他的手機。

「妳這妹妹眞恐怖啊！」那須美縮著脖子。

「對了，我哥他今天應該會告別童貞吧。」

愛子像是突然想起似的說，只見她攤靠著椅背，感觸良深地望著天花板。

「比起聖誕樹，我更好奇他們在幹嘛。」那須美說。

其實愛子也是這麼想。兩人下了公車，去居酒屋消磨時間。

那須美說自己因爲剛動完手術，只能淺嘗幾口啤酒，卻一口氣喝了三分之二杯，還喊了一聲「好喝！」，這聲好喝聽起來像是在說「我還活著」。

莫非我正享受著非常寶貴的時光嗎？愛子思忖著。

「我們坐在這裡等人家辦完那件事是什麼心態啊？」

那須美一邊將高湯玉子燒漂亮地切成四等分，一邊咯咯笑。

「眞的很變態耶！」

這麼想的愛子卻覺得好開心，明明不能喝的她居然喝了兩杯，還跟著那須美一起咯咯笑。沒有人阻止她們暢飲、歡笑，彷彿體內的東西全都迸發出來，愛子覺得好暢快。

明明沒看到之前，那須美還批評反正只是鄉下地方的聖誕樹之類，結果看到裝飾著滿滿燈飾的聖誕樹，不禁發出「哇喔」的驚嘆聲，愛子也不由得喃喃自語：「好漂亮！」

兩人像情侶一樣抬頭望著聖誕樹有好一會兒，愛子回頭說：「明年再一起來吧。」那須美也開心回道：「嗯，好啊！」愛子淚水盈眶地心想也許不太可能了。

那須美握著愛子的手，看著嚇一跳的愛子，低聲說道：「現在哭還太早了吧。」隨即又像唱歌似的說：「我還活著呀！」欣喜地抬頭望著聖誕樹。被人握著手，一起仰望巨大的聖誕樹，讓愛子覺得自己像個小孩子。

「爲什麼我不是那須美小姐呢？」愛子終於脫口而出一直深埋心中的想法。

不是像她，而是想變成她，變成這樣的她，活下去。那須美聽到愛子這句話，開玩笑似地說：「那就這麼做吧。」

「這種事怎麼可能啊？」愛子說。

「當然可以囉。」那須美一副理所當然。

「只要自己這麼想就好啦！沒問題，給妳吧。把完完整整的我給妳。這和落語家襲名一事是一樣的。」那須美這麼說，應該是模仿哪個落語家的口吻吧。

「盡量偷走吧。」

兩人找到一處窺看得到啓介訂的那間客房窗戶的地方坐下來，打開溫熱的罐裝咖啡。透過窗簾看得見室內亮著燈，看來啓介和女友已經入住了。光是這樣就讓那須美和愛子很激動。

「好像在看煙火大會喔。」那須美說。

兩人光是瞧見映在窗簾上的人影就好興奮，熱烈交談著。

「小愛，一開始啊，就盡量模仿吧。只要最後成爲自己想要的自己就行了。」

一陣熱烈交談後，那須美說了這番話。愛子望向啓介在的房間窗戶，心想，哥哥現在也變成自己想要的自己嗎？

愛子突然想起和哥哥一起捕蟬的童年往事。兄妹倆將捕到的好幾隻蟬放進小籠子裡，不知不覺間有兩隻蟬的尾部不知爲何靠在一起，兩人覺得這模樣很噁心，遂將這兩隻扔到草叢。現在想想，牠們是在交尾，然後雌的拚盡剩下的力氣爬到樹上產卵吧。

「啊！」那須美大叫。

房間的燈熄了。

那須美和愛子只是沉默望著。愛子本來想說幾句揶揄哥哥的話，此時此刻卻覺得……該說是嚴肅嗎？應該是一種神聖的心情吧。是因爲聖誕節的緣故嗎？還是因爲想起捕蟬的童年回憶？

「下次燈再亮起時啊，」那須美說。「就是新人生的開始。」

這麼說的那須美也是懷著嚴肅心情吧。愛子想。

「從沒想過這世上有人想變成我呢！」那須美叫住下了公車的愛子。「謝謝妳讓我覺得自己眞好，直到最後的最後。」愛子站在昏暗路旁，目送車窗明亮的公車逐漸駛離。這是愛子最後一次見到她。

不知不覺間，都是用匯款方式還錢，愛子也沒再見到日出男。而啓介的話題都繞著女友打轉，逐漸忘了那須美。

隔年，當街上又瀰漫著濃厚的聖誕氣息時，愛子接過寄到父親事務所的訃聞時，胸口緊揪了一下。日出男寄來告知那須美已於四月過世。四月正是愛子搬離家，租住在公司附近小套房的時候。

那須美去世後，轉眼已經過了七個月。愛子曾拜託日出男要是有什麼情況請通知一聲，想說那須美應該復原得還不錯。看來應該是她要求丈夫不要說的吧。

愛子哭不出來，只覺得那輛車窗明亮、載著那須美的巴士不曉得開往哪裡去了。

沒想到四年後，愛子在那間咖啡廳巧遇日出男，兩人就這樣開始交往、結婚。最訝異的人就是愛子，雖然她曾說「想變成那須美」，但沒想到自己竟然承繼她過世後的一切。

寒冷的冬日早晨，愛子徒手剝著剛收到的高麗菜，思索著那須美會如何看待現在的情形。搞不好會咯咯笑個不停吧。因爲像傻瓜般的笑容最適合她了。

愛子邊抽鼻，邊撫摸自己的肚子，溫柔地對剛住進去的小生命說：「要趕快出來哦！趕快出來，我們一起笑吧。」

愛子想像自己用沾上高麗菜味道的手指緊抱著還未見面的寶寶，嘴角自然上揚。好幸福喔！此刻的自己是多麼滿足。

愛子鑽進被窩，關掉燈，告訴日出男這個喜訊。

「我開心、滿足的程度可不輸妳喔！」日出男不服輸地回嘴。眞像個小孩子！愛子嗤嗤地笑。

靜謐黑暗中，好像是從浴室那邊吧。傳來水滴聲。愛子想起來看一下，但就是爬不起來。

突然想起高中上體育課時的事，那一段只屬於自己的奢侈時光，那一片有如平靜湖面般的地板。那天，我確實跳下去了。愛子想起來了。著地的瞬間被好幾張軟墊溫柔包覆著，一點也不恐怖；一回神，發現跳下來的地方不是體育館，而是草叢，瞧見偌大建築物的窗戶亮著小小的燈。

啊，開始新的人生。搞不清楚這一聲是那須美的聲音，還是自己聲音的愛子進入夢鄉。

第11話

日出男一走進起居室就不斷喊著：「樹王來了、樹王來了。」

鷹子正在剝豌豆皮。只見他用力將豌豆推向一旁，「就是那個樹王啊！」再次吼道。

「什麼啊？」鷹子回道。

日出男對繼續剝著豌豆皮的鷹子說：「就跟妳說是樹王來了啊！」焦急地指著店的方向。

日出男想說再這樣下去不是辦法，抓著鷹子的手腕，強行拉她過去。店裡一如往常，只有笑子坐在收銀機前打盹，沒半個客人。

「到底是怎麼回事？」鷹子不悅地看著日出男。

「明明剛才還在啊！」

「誰啊？」

「就說是樹王啊！」

「他是誰啊？」鷹子對這奇怪的名字很陌生。

「漫畫家啊！就是畫那須美很喜歡的那個漫畫《鐵拳制裁》。」

「哦～是他啊！」鷹子這才想起。

日出男忿忿不滿地說：「可是暢銷了一千五百萬本耶！」

那麼知名的漫畫家居然特地來我們家，就不能像我一樣興奮嗎？日出男很想這麼說。

「他還問妳在嗎？我想他應該就在這附近晃晃吧。我去把車開過來。」日出男拿著車鑰匙，衝出店門。鷹子請笑子顧一下店，也跟著出去。

樹王光林站在店門前神社的紅色鳥居下方，邊眺望富士山，邊小聲講電話。一身白色絲質襯衫，搭配白色真皮腰帶、白色皮褲；同樣是白色，但仔細看，顏色與光澤有著微妙差異。

鷹子瞧見樹王光林，「啊」地驚呼一聲，只見他趕緊掛斷電話，面帶笑容地走過來。

「妳好，好久不見。」

「竟然大老遠跑來這裡。」鷹子不好意思地行禮招呼。

目睹這一幕的日出男疑惑地說：「咦？不會吧？」

「難不成你們認識？」看到樹王與鷹子兩人互看的日出男一頭霧水地問。

鷹子尷尬地笑說：「應該算是認識吧。」

樹王也有點難爲情地笑著說：「是啊。」

鷹子造訪樹王時，那須美還在世。那須美對於其他事都無所謂，唯獨每次翻開最新一期的漫畫雜誌時，都會很懊惱地說無法看到樹王光林的《鐵拳制裁》最後一回連載。於是，鷹子決定造訪位於東京的出版社，請教最後一回的故事內容，當然也保證絕對不洩漏隻字片語。

可想而知，出版社怎麼可能答應這樣的請託，雖然遭到出版社人員的再三婉拒，鷹子還是不願放棄，決定留宿東京一天，隔天再來拜託看看是否能告知主角最後到底是生是死，只要透露這一點就行了。

後來鷹子又去了三趟東京，站在出版社的櫃臺前拚命拜託編輯，編輯說他不是作者，所以不曉得故事會如何發展。可以請問老師嗎？鷹子不死心地央求。不是跟妳說了嗎？創作是一種情感纖細的東西，妳這要求太無理了。對方一再打回票。那麼，請讓我見見老師！鷹子提出這要求。編輯耐著性子解釋老師沒時間理會這種事，雖然很同情她的處境，但這種要求無疑是天方夜譚；但鷹子就是不死心。

「可以麻煩你拜託一下林光先生嗎？」

「林光先生？誰啊？」

責任編輯詫異地抬頭，鷹子嚇得在心裡偷偷驚呼：「眞是的！我怎麼記成林光先生啊！」

不知爲何，鷹子將「樹王光林」這名字記成「樹王林光」，還不小心脫口而出。

後來編輯語帶戲謔地提到這件事，樹王光林聽了倒是覺得有趣，還說想見見鷹子，再當面婉拒她的要求。雖然編輯說沒這必要，但樹王還是很堅持，於是約了鷹子在東京某家飯店的大廳碰面。

鷹子並未將這件事告訴任何人，悄悄去了東京。明知肯定會被拒絕，但要是作者本人親口婉拒的話，也只能死了這條心。雖說如此，她的心裡還是不願就此放棄，就像那須美明明還這麼年輕，可以輕易放棄寶貴的生命嗎？

有輛車子突然停在正在過馬路的鷹子面前，雖說對方只是想靠路邊停車，但鷹子覺得對方這行爲很無理，就像那須美郎將離開人世一樣，令人難以接受。

她怔怔地站在車子前方。站在斑馬線上只會造成塞車，還是趕緊走到人行道上比較好，但鷹子不知爲何就是無法動彈。

只見有個女人下了車，從車後行李箱取出兩大袋洋蔥，扛著走向一旁的店。女人不悅地瞅了一眼站在車子前方的鷹子，便走進店裡。鷹子還是一動也不動地站在原地，女人步出店外，發現鷹子還站在車子前方，嚇得趕緊鑽進車內，讓車子稍微後退一點，迅速切方向盤，疾駛離去。

直到車子消失在視線中，一直怔怔站在斑馬線上的鷹子突然悲從中來，因爲她發現自己只是靜靜地等待著那須美離開這世界。

那須美即將告別人世這件事，帶來的衝擊實在太大，無法迴避，也沒有任何退路。其實想要知道終點的人不是那須美，而是我，想要從這種無止盡的痛苦中解脫的人，是我。

樹王光林給人的第一印象就是高大。光是體型就很引人矚目，斜揹著水滴造型的透明塑膠材質包包，裡面還眞的裝著水。樹王一看到鷹子，馬上起身行禮，身上的包包看起來就像一滴大淚珠似的搖晃著。

一直靜靜聽著鷹子述說完的樹王回道：「我明白妳的意思，但沒辦法回應妳的請求。」他的口氣讓人覺得十分誠懇。

「其實就連我自己也還不曉得故事會如何發展。」樹王光林說。

八成是因爲看到鷹子面露驚訝吧。樹王說：「事實就是這樣，我也不清楚。因爲我也不清楚這故事會再連載一年還是十年。」

「是這樣嗎？」鷹子詫異地問。

「是的，人生也一樣，完全無法預測會發生什麼事。」樹王乾脆回道。

「這樣啊……」

鷹子沮喪地看著樹王依舊揹在身上的水滴造型包包。包包裡的水隨著他的肩膀晃動而微微搖晃，塞在裡面的手機和錢包看起來就像沉在水裡。

「那要怎麼打開呢？」鷹子指著水滴造型包包，忍不住問。

一臉詫異的樹王察覺鷹子指的是自己的包包，親切地開給她看。

「像這樣打開囉。」

「哇！好像淡菜喔。」鷹子驚嘆。

「好想給那須美瞧瞧。」

這麼說的鷹子不禁落淚，因爲沒想到自己會哭出來，根本來不及拭淚，淚水就這樣滴落在桌上。

「哎呀！我眞是的！」

樹王阻止急著要從包包掏出手帕的鷹子，說道：「那個，可以給我嗎？」

隨即補上一句：「我絕對不是什麼變態，我在收集眼淚。」

鷹子怔住。

「對了，要不要用這個淚滴造型包包交換？這樣妳就能拿給那須美小姐看了。」

這麼提議的樹王，已經開始將包裡的東西塞進便利商店塑膠袋。

「不行嗎？」察覺鷹子視線的他，有點可惜似地說。

「可以。」鷹子說。

「謝謝！」

樹王先用手機拍下滴落在桌上的淚水，然後像個收藏家般拿出注射器和小容器吸取淚水，歡喜地放進胸前口袋，再將空無一物的淚滴造型包包遞給鷹子。

「眞的可以收下嗎？」

「當然。哎呀！我才不好意思。」

樹王看起來眞的很高興。

臨別之際，鷹子將那須美的事告訴他。那須美曾說《鐵拳制裁》對她來說，就像一張地圖。像鷹子姊姊這樣的人因爲從來沒迷路過，也許不需要這東西，但像我這樣一路走得顛簸的人，就必須有一張樹王老師這樣的地圖，指示自己應該往哪兒去。

雖然這番話是出自那須美口中，但鷹子覺得現在的自己也是個需要地圖的人。

當鷹子將今天過馬路時，竟然怔怔地站在差點撞上自己的車子前方，一步也無法移動的事告訴樹王時，他這麼回應。

「這情形與其說是踩煞車，不如說當時只看到眼前的事物，不是嗎？」

「鷹子小姐只看到自己要過的馬路，因爲很害怕，所以才會一時無法反應。」

「我很害怕嗎？」

「害怕失去什麼，是吧？」

的確如此。自己很害怕，害怕那須美不在了，還有之後。

「可是啊，妳還沒失去喔，因爲那須美小姐還活著。」樹王笑著這麼說。

他說的沒錯。因爲我只想著以後的事，所以很害怕。

兩人道別後，走在回家路上的鷹子不再哭泣，因爲哭喪著臉，揹著一顆晃啊晃的大眼淚，這模樣好蠢。

這是樹王光林老師給的哦！

鷹子遞出淚滴造型包包時，那須美還不信。鷹子很懊悔沒要個簽名或是拍照，但因爲那須美說：「我絕不相信！」所以就算有什麼證明，她還是會懷疑吧。

不過，那須美很喜歡這個包包，總是揹著這個裡頭裝著護唇膏、零錢的包包去醫院的商店購物。有時還會搖晃這個淚滴造型的包包，咯咯笑著說：「要是我死的時候，大家沒爲我流那麼多眼淚，可就傷腦筋了。」

兩年不見的樹王光林不但瘦了點，膚色也比較黝黑。

「其實我畫完了最後一回連載，所以拿了影本過來。這是今天發行的雜誌。」他將大信封袋遞給鷹子。

「還勞煩您特地跑一趟。」鷹子不知如何表達謝意。

日出男趕緊拿著簽名板奔出來，笑子也捧著紅豆糯米糰跑出來，無奈載著樹王的車子已經駛離。不過樹王還是從車窗探出身子說，「對了，我可以當鷹子小姐的地圖。」這番話隨著車子漸行漸遠。

鷹子抽出裝在信封袋裡的原稿，那是鮮明得像是手繪，不像影印的圖稿。其實鷹子不明白樹王的漫畫究竟好在哪裡，看完整部作品時只覺得痛苦。

鷹子專注地一個字、一個字看著手上的影本，因爲搞不太淸楚整個故事的梗概，所以完全不知哪裡感動人心，但還是看完了。最後一格寫的不是「完」也不是「結束」，而是繪著強而有力的「繼續吧！」

鷹子的內心深受衝擊，因爲這是樹王對於衆生的祈願。無論是自己、那須美、還是笑子、日出男，大家都是活在這世上的衆生，而活著這件事就是「繼續吧！」

縱使那須美去了另一個世界，鷹子的人生還是繼續著；就算鷹子告別人世，別人的人生還是繼續著。

「妳有要簽名嗎？」

被日出男這麼問。鷹子這才察覺自己又忘了要簽名。

「有拍照嗎？」

「對不起啦！」

「蛤？什麼都沒有？」連沒看過樹王的漫畫的笑子也覺得太可惜了。

鷹子笑著在心中低語：不過，我已經拿到很多囉。

沒人知道她拿到什麼，大概連樹王也不曉得吧。鷹子心想：或許我也給了他什麼吧。只是我也不知道到底是什麼。不過，彼此都曉得有好好給過什麼，好好收到什麼。

無人知曉究竟給了什麼，收到什麼，正因爲如此，才能永永遠遠存留在我心中吧。

第12話

好江初見夏美時，主任說：「小江，麻煩妳多照顧新人啦！」

那時她覺得這女的明明長得不算漂亮，個子也不高，卻身形苗條，頗有幾分姿色，「這女人不簡單哦！」好江莫名對她懷有敵意。

倘若自己是男人，絕對不會和這一型的女人交往。好江雖然在心中這麼嘀咕，但實際接觸後卻覺得她是個有趣的傢伙。要說她反應快？還是善解人意？總之，夏美的得體應對讓人覺得很舒服。

那時，剛到東京不久的夏美還是個有點土氣的女孩，沒想到愈來愈漂亮。好江心想她啊，肯定很快就會辭職吧。沒想到夏美不但做事認眞，更不曾偷懶，勤奮工作著。好江覺得她並非那種中看不中用的美女。

好江知道夏美的本名叫那須美，是兩人交情好到同遊香港時。因爲夏美不想給好江看護照，想說她八成是謊稱年齡，沒想到一心隱瞞的竟然是名字；在好江的追問下，只見從沒面露慍色的夏美不太高興地說：「因爲我叫那須美啊！」

好江本來想安慰她：「有什麼不好，這名字很特別啊！」但因爲看她臉色不太對，所以話到嘴邊又吞了回去。

好江與那須美在以清掃大樓爲主的清潔公司工作。因爲沒有什麼年紀相仿的同事，兩人下班後常相約去咖啡館或居酒屋，大說特說上司和客戶的壞話，所以當那須美辭職時，好江不只一次感嘆好友的決定。

心意已決的那須美一如往常地認眞做完工作，將放在置物櫃的私人物品塞進紙袋，向好江揮手道別，就這樣瀟灑地步出辦公室。

後來，聽別人說她在便利商店、乾洗店打工，但因爲兩人未再碰面，所以好江也自然忘了那須美。

某天，許久未見的那須美突然來找好江。聽說她離開東京，回老家一事時，好江好驚訝。那天晚上兩人相約吃飯，好江提議去居酒屋，那須美卻呵呵笑地說自己戒酒了。後來想想，或許那時那須美的病情正惡化吧。縱然如此，兩人還是像以前一樣大啖美食，愉快談笑。

那須美聽到好江說上司的壞話，明明應該是不認識的人，也會像以前一樣附和：「他的腦子真的很不靈光啊！」讓好江心情大好地說個不停。

那時的那須美幾乎沒說什麼自己的事，而兩人步出店門時，已經趕不上末班車了。

那須美本來答應去好江那裡住一晚，但走到昏暗的三岔路口時，她突然停下腳步，說了句「我還是回去好了」隨即朝反方向走。因爲她走的不是通往車站的路，還被好江叫住，詢問要去哪裡；只見那須美回頭，微笑地舉起手，說道：「我會好好的！」就這樣消失在夜晚道路的彼端。這是好江最後一次見到她。

好江一直到四十五歲仍舊單身，也還待在任職許久的公司；雖曾和同公司的男同事交往，但那傢伙在東北大地震時囤積大量礦泉水、面紙和泡麵，還一臉得意的樣子，讓好江徹底看穿了他的本性。

雖然那之後兩人還是維持若卽若離的情侶關係，但隔年春天便分手了。

「對了，聽說夏美去世了。」

好江從正在提分手的男友口中聽聞這樣的事，瞬間驚訝地將自己的事拋諸腦後，不斷反問：「騙人？不會吧？什麼時候的事？到底是什麼時候的事？」

男人雖然面露不耐，還是打手機向朋友詢問夏美的事。

聽說夏美是在能遠眺富士山的醫院，櫻花季結束時去世，好江還是不敢相信這是眞的。

「在看得到富士山的櫻花季節……是眞的嗎？」還是不太相信；那須美說的那句「我會好好的！」就是指這件事嗎？在看得到富士山的地方像櫻花一樣嗎？

這麼問的好江一回頭才發現屋子裡除了自己之外，沒半個人。看來男人趁她發怔時，頭也不回地走了。好江錢包裡的三萬日圓跟著消失，還有數位相機也不翼而飛。後來她有好長一段時間腦中一片空白，不知不覺吃光放在冷凍庫的冰淇淋。好江咒罵一聲「可惡」，踹了一下冰箱，小趾還因此破皮。

當腳趾的傷沒那麼明顯時，好江才開始收拾前男友留下來的東西。明明沒有車子，卻買了一大堆關於車子的雜誌，還有不知用來做什麼，存放了十包沒拆封，一包有十顆的鹼性電池；壁櫃裡還塞著不曉得是否穿過，皺巴巴的T恤、內衣褲。好江覺得事到如今，徒手拿這些東西很噁心，便用料理用的夾子挾起這些東西扔進垃圾袋。

清掃完畢後，好江想說連同夾子也扔進垃圾桶，沒想到從垃圾桶裡滾出了圓形底片盒。想說好久沒看到這東西，打開一瞧，裡頭裝著兩片白色碎片的東西。那不是塑膠製品，比較像是石頭還是象牙之類的自然物，底片盒上還用黑色麥克筆寫上日期。就在好江打量這東西時，突然「啊」地驚呼。

好江記得那是公司爲課長舉辦餞別會的日子。大家私下叫體型圓滾的他是「小熊維尼」，因爲老婆大人爲他織的背心太小件，以致於鮪魚肚突出。這個小熊維尼視那須美爲眼中釘，舉凡她打掃過的地方都要求重新清掃，不然就是使個小手段讓那須美在客戶面前丟臉，總之就是耍很多陰招。

即便如此，那須美還是笑笑地說：「工作囉。」一臉不在意。她曾對好江說知道自己爲何被欺負的原因，但沒有明說就是了。

餞別會時可就不一樣了。那須美一開始就不知道在氣什麼，還因爲什麼事挑釁課長。就在有些人準備續攤時，那須美拍了拍捧著花束的課長肩頭，就在他回頭的瞬間，那須美以迅雷不及掩耳的速度朝課長的臉痛毆。

挨打的課長順勢往後仰，幸好沒跌倒在地，只是一臉蠢樣地看著那須美，驚愕地反問：「妳幹嘛？」

那須美似乎怒氣未消，又朝課長臉上猛揮一拳。挨揍的課長大吼一聲「臭女人！」奮力撲向那須美。

只見她的臉撞擊柏油路面，剎時鮮血飛濺，嘴裡還迸出什麼。那須美掙扎地站起來，怒吼：「你這傢伙對加藤由香里幹了什麼好事？」

加藤由香里是去年剛進公司的女孩。好江瞧見站在一旁的加藤臉色蒼白。

半晌吐不出話來的課長總算回神大吼：「跟、跟妳沒關係吧？」

然後看向加藤由香里，語帶威嚇地說：「我有對妳做什麼嗎？」

眾人看向加藤由香里，只見她面有難色，低著頭悄聲回道：「什麼都沒有。」

課長頓時氣焰高漲。

「她不是說什麼都沒有嗎？妳這個臭女人！」

再次將那須美壓倒在地後，隨即起身走向車站。

只見那須美緩緩起身，儘管從鼻子到嘴巴沾滿鮮血，卻沒有擦拭的意思，只是殺氣騰騰地瞪著課長的背影。

好江總算反應過來，趕緊用手帕幫那須美擦臉。其他人則是一副事不干己的模樣，紛紛離去。

好江找了一間咖啡廳，讓那須美坐下來喝杯水；這時的她總算平靜下來，說了句「對不起」。

「那傢伙居然瞞著加藤，硬是拿掉她的小孩。」那須美捻熄手上的菸，這麼說。

課長與加藤由香里搞婚外情，當他知道女方懷孕後，就騙加藤去他朋友開的婦產科檢查，然後偷偷施以墮胎手術。

好江驚訝得說不出話來。

「加藤難過得哭了。說她很不甘心。也是啦！這根本是暴力行爲嘛！最可惡的暴力行爲！」

好江想起說了句「什麼都沒有」，加藤由香里那張蒼白的臉。

「加藤沒有拜託我這麼做，是我一時情緒失控。」那須美的這番話讓好江深刻感受到她的懊惱。

「對喔。當著大家面前揭露這種事，加藤肯定很傷腦筋吧。」

這麼說的那須美喝了一口擺在面前的咖啡。明明是一間看起來不怎麼樣的咖啡廳，咖啡卻好喝得要死。

「不好意思啦！」那須美再次道歉。

「我們去找找吧。」這麼說的好江站起來。

「找什麼？」

「牙齒啊！妳的牙齒。」

「哦~牙齒啊！」那須美用舌頭舔了舔只剩一半的門牙。

「要是找到的話，就先用三秒膠黏一下吧。」

「蛤？用三秒膠黏？」

「又不是從牙根斷掉啊！去看牙醫的話，肯定會被敲竹槓，再說保險也不給付做假牙的費用。」

那須美這才察覺自己做了有勇無謀的事。

「怎麼辦？」因爲那須美的口氣過於眞切無奈，兩人不禁捧腹大笑。

結果在路旁行道樹下找到兩顆斷落的牙齒。

「好像破掉的杏仁。」那須美笑道。

兩人去「唐吉訶德」買三秒膠，找了一處照明最亮的自動販賣機，那須美嘗試就著燈光將斷牙黏回去，沒想到牙齒比想像中來得薄，一直無法順利黏上。

焦急的那須美忍不住抱怨，好江也氣得喊了句：「眞是夠了！」在路邊做這種事本來就很匪夷所思，於是那須美提議：「還是去看牙醫吧。」好江也同意。

放在自動販賣機前面的黃色塑膠袋隨風飛舞，好江想追回來，無奈袋子愈飄愈遠，不曉得飄到哪兒去了。只見好江看著那須美，懊惱地說：「裡頭有收據，本來想拿來報公帳的。」

風不僅吹走塑膠袋，也吹亂了好江和那須美的頭髮，兩人依舊迎著強風並肩而立。

那須美緊握著手上像是杏仁的斷牙，突然咯咯笑地說：「我絕對不會忘了今天晚上發生的事。」

好江也一樣。

「假牙的錢怎麼辦？」好江問。

「沒辦法，只好賣了鑽戒籌錢吧。」那須美說。

好江心想都這時候了，還有心情扯謊，沒想到隔天那須美眞的帶來一只鑽戒，兩人下班後去了趟當鋪。白金戒臺價值四萬八千日圓，鑽石則是因爲有點瑕疵，所以只值六萬日圓。

好江率直地說：「一共值十萬耶！不錯嘛！」結果那須美只典當了戒臺，拿回小小一顆鑽石。

好江追問爲何不連鑽石也賣了。

「只剩下這顆鑽石，看起來好像媽媽的眼睛。」那須美答非所問。

鑽石在計程車的車頭燈反射下，宛如自體發光似的閃耀生輝。

「我想妳媽媽一定希望妳賣了它，好好裝顆假牙。」好江說。

「應該吧。」那須美頷首，自信滿滿地說：「不夠的部分，我會想辦法。」然後將鑽石放回首飾盒。

好江緊握裝著那須美的牙齒的底片盒，一動也不動地站在物品四散的雜亂房間裡，還是無法接受那須美已經不在的事實。

這麼一想，就覺得內心深處有什麼在動搖。我不相信……好江握著底片盒，這麼告訴自己。

後來好江搬了兩次家，唯獨那須美的牙齒一直保留著。那須美說鑽石像母親的眼睛，那麼，她的牙齒像什麼呢？牙齒就是牙齒，好江形容不出那須美像什麼。

同居的男人看到那須美的牙齒，直嚷著那是死人的東西，好噁心，扔了吧。所以好江只好將這東西藏在隱密的地方；然而，她與同居人大吵的某天晚上，被對方發現裝著牙齒的底片盒藏在廚房層架一隅時，情緒終於潰堤。

好江想起只有那須美成了壞人的餞別會那天，就覺得很難過。當加藤由香里說出那句「什麼都沒有」時，沒人聲援那須美，明明那時在場的人平常都會私下批評課長，足見做錯事的是課長，但大夥直覺判斷要是力挺那須美，肯定會被波及。其實，好江也是這麼想，知道那須美那時瞅了她一眼，她卻佯裝不知，也是待大家紛紛離去後，才趕緊上前關心好友的傷勢。

面對那些視那須美的牙齒是髒污之物的男人，好江怎麼樣也無法附和：「對啊！髒死了。」畢竟那須美去世了。人都死了，怎麼還能如此污辱往生者。

好江記得和因爲那須美的事而大吵分手的媽寶前男友認識時，對方曾自傲地說：「我媽還小心翼翼珍藏我的乳牙呢！」好江完全不明白這種事有什麼好得意，只能隨口附和：「是喔。好難得哦！」當那傢伙故意搜出那須美的牙齒，逼問著：「這是什麼？什麼東西啊？」好江回道：「沒什麼啦！」男人反而一副很感興趣的樣子，擅自將東西拿出來瞧個仔細，又追問：「這到底是什麼啊？」逼得好江只好坦言：「這是我死去朋友的牙齒。」只見男人「哇啊」大叫一聲，將牙齒扔向陽臺後，隨即衝向廚房拚命洗手。

既然能珍藏活著之人的牙齒，爲何對往生者的牙齒卻如此厭惡呢？好江實在無法理解。

不只媽寶男有如此反應，其他男人也一樣。好江這才察覺「原來大家都很忌諱死亡一事」。

好江明白這件事後，便將那須美的牙齒再次藏在壁櫥角落；雖然一度扔進垃圾袋，想說丟了吧。但沒有其他兩人在一起的回憶之物，想想後還是撿回來。

因爲底片盒沾到一起扔掉的摩斯漢堡包裝紙上的蕃茄醬，想說改用薄荷口味的口香糖盒來裝吧，但想到現在隨處都能買到的這東西在那須美活著那時還沒推出，便忍不住落淚；又想到底片盒是那須美還在世時的一種證明，於是用洗潔劑洗淨，擺在陽臺上晾乾。

底片盒是很普通的圓筒形，薄薄的蓋子並非設計成旋轉式，而是壓蓋式。要是現在的話，即便是拋棄式物品也會使用透明塑膠，可能是那時還沒有這種技術吧。因爲底片盒是類似毛玻璃的透明度，隱約可見牙齒的形狀。

好江心想那須美應該是回去看得到富士山的老家吧。記得兩人在東京某處偏僻地區的居酒屋或是便宜的酒吧、二十四小時營業的咖啡廳等地方聊天時，曾好幾次聽到那須美嘀咕：「我才不想回去那種鳥不生蛋的地方哩！」如果可以的話，那須美想在東京安身立命。

後來好江對於抗老化醫學很感興趣，投入的心力更是非比尋常。她辭去長年從事的清潔工作，加入販售誇稱有神奇功效之水的公司，因爲這家公司採直銷制，好江也因此一下子失去許多朋友，一回神才發現身邊盡是些成天只會空想將來之事的老人家。

儘管如此，個性本來就很認眞的好江還是努力工作著，備受上頭青睞的她也總是惕勵自己要做得更好。

某天，把工作帶回家裡的她一直忙到半夜，突然聽到有人哈哈大笑，因爲一直笑個不停，索性開窗瞧瞧，外頭只亮著街燈，連一隻狗也沒有；瞄了一眼手錶，凌晨兩點半。

好江正要關窗時，又傳來像在嘲笑她的笑聲，聽聲音好像是從壁櫥那邊傳來的，好江只覺得毛骨悚然，沒心情工作了。問題是，現在既睡不著，也沒辦法繼續工作，於是她決定打開壁櫥看個究竟，沒想到一打開，那個裝著那須美牙齒的底片盒滾了出來。原來那笑聲是來自那須美啊！好江恍然大悟。

其實好江很淸楚自己從事的工作是鑽法律漏洞，遊走法律邊緣的買賣行爲。雖然上頭的人大言不慚地說是公平給予大家機會，其實滿口謊言，只有少數幾個人能從中牟利，其他人就算再怎麼努力也不及上頭那些傢伙的收入。

儘管如此，無法忍受一直以來的努力變成泡影的好江還是努力工作著。

「妳就是太固執了。」要是那須美還在的話，肯定會這麼說吧。

我知道，我都知道。只是不想承認自己走錯路，只是這樣而已。

妳可以再嘲笑一次我嗎？好江搖晃底片盒。

「跟妳說喔。我已經四十九歲了。」就算對著盒子這麼說，換來的也只是喀啦喀啦的聲響。

好江好想再見到那須美，愈是這麼想就愈明白時光無法倒轉，不禁潸然淚下。現在想想，明明和她一起度過的那段時光是生活最困頓的時候，為何會難過得哭個不停呢？真是不可思議。

回想起那須美最後說的那句話。

「我會好好的！」

好江覺得勤奮工作並不是做好一件事，所以毅然決然辭職，想做讓自己活得更有價值，更肯定自我的事。

那須美常說：「好江，妳太膽小了。」所以好江想不顧一切、無所畏懼地飛向截然不同的世界。

「現在的我做得不好嗎？」

好江對著沒半個人的房間這麼問，那須美沒有回應。

隔天，好江遞出辭呈。雖然上面的人極力慰留，但她心意已決；沒想到對方口氣驟變，語帶要脅地要她承擔庫存商品，結果好江付了二十八萬六千日圓才順利走人。

好江的新工作還是和保養品有關，不過是在規模比前一家小的公司，而且是派遣人員。後來她在新公司認識的同事介紹下，擔任大樓管理員。

縱使如此，好江對於抗老化醫學還是很有興趣，不但買了許多相關書籍，也常上網搜尋最新情報。總之，沒錢沒時間的她自創並實踐美容方法。

她的部落格愈來愈受矚目，還收到出版社詢問出書意願的邀約，一時之間名氣飆漲。

明明還沒和出版社的編輯碰面，好江便打電話告知雙親：「偷偷跟你們說哦！我打算出書。」也悄悄告知公司同事。

和出版社編輯約在咖啡廳碰面的好江換上不太習慣的新洋裝，就在她深怕自己的亢奮心情被看穿而忐忑不安時，對方走進店裡。

好江看到那張臉，驚訝不已，竟然是加藤由香里。

有點上了年紀的加藤露出尷尬笑容，說了句「好久不見」。

這間就是好江帶著滿臉鮮血的那須美進來歇腳的咖啡店，那須美那時就是坐在加藤由香里的位子。

好江的腦子裡不由得浮現那時的影像，雖然已經想不起告知那須美死訊的男人長什麼模樣，卻清楚記得那傢伙當時穿的T恤圖案、裝在底片盒裡發出喀啦喀啦聲響的牙齒、發現牙齒的那片濕土觸感。

好江拿著咖啡杯的手不停顫抖，而且抖的程度之大連自己都很驚訝；只見她總算鬆手，看向加藤由香里，「這件事就當沒發生過。」撂下這句話後，便頭也不回地離開。

她沒心思在意加藤由香里露出什麼樣的表情。

「這種事我做不出來！沒辦法、眞的沒辦法！」自己的聲音不斷在腦中回響。

因爲和加藤共事，怎麼想都是背叛那須美的行爲。

好江怒氣未消。就在這時，大樓的電梯門開啓，門外沒有人，讓她頓時有種被耍的感覺，焦躁的心情促使她猛按關門鈕。

後來，加藤由香里寫了電子郵件，也打了電話，內容都是誠心邀約好江一起努力完成書，完全沒提到那須美的事，讓好江十分氣惱。

不過好江的內心還是很難割捨成爲作家的那種虛榮感。每次父母和同事關心出書一事時，她只能勉強擠出笑容地敷衍應付，事實上也快撐不下去了。但她一想到那須美，就無法和加藤由香里一起做些什麼，無法告訴自己這不是背叛老友。好江走進屋裡，打開燈，瞥見放在電視機上的底片盒。

「放心，我不會那麼做的。」

好江向那須美打包票。總覺得要是不這麼提醒自己，就會回到那個意志不堅的自己。她繼續徹底無視來自加藤由香里的聯絡。

大概是第三次吧。好江開始覺得不對勁，那就是她搭電梯時，一定會停五樓，電梯門一開卻沒瞧見半個人。想說可能是小孩的惡作劇或是靈異現象，總之，好江覺得來者不善，心裡毛毛的。

一直不願放棄的加藤由香里可能想說合作無望，寄來了一封電子郵件，信裡對於造成好江的困擾，不斷道歉，也強調這次是最後一次拜託了。她有自信絕對能做出一本讓大家喜愛的書，懇請給予機會。

好江在電梯裡邊看這封電子郵件，邊思索老友的事；要是那須美的話，肯定會破口大罵：「別瞧不起人！」

好江這麼想時，電梯門隨著一聲「五樓」開啓，果然門外沒半個人，門又什麼都沒發生似的靜靜關上。

「啊，原來如此！」好江突然有所領悟。

因為她聽到的是「誤會」而不是「五樓」（「五樓」的日文發音和「誤會」一樣），那須美為了告訴好江「妳誤會了」，所以不斷讓電梯停在五樓。

對喔。那須美不是那種心胸狹窄的女人，她應該很開心我和加藤由香里能合作出書。好江想起老友的脾性。那須美總是傾聽好江訴說心事，為好友忿忿不平，也為好友開心不已；即便兩人鬧情緒，但過一下子又和好如初、一起開懷大笑。不曉得受過那須美多少幫助啊！

好江覺得自己一直被男人拋棄，又遲遲不敢辭去清潔公司的工作，就這樣漸漸上了年紀，自身條件變得愈來愈差，卻也不思長進，就這樣成了有如過期食品的存在。

那須美不會對好江說什麼要是這麼做就好了，要是那麼做就對了。只是要她不要絕望，只是一直這麼告訴她。我誤會了。要是那須美還活著的話，不曉得對於我要出書一事有多麼開心。好江對於自己竟然完全忘了如此理所當然的事，而羞愧不已。

自從好江決定和加藤由香里合作後，電梯不再無緣無故停在五樓。就算有停，也有人走進電梯，只是聽到「五樓」的廣播聲，便讓好江覺得有點失落。電梯的廣播聲比那須美的聲音來得尖銳，所以聽起來根本不一樣，好江好想再聽一次那聲「誤會」。

加藤由香里帶著五本印好的書來拜訪好江。明明是一本作者沒什麼名氣的工具書，裝訂卻精美得讓人想珍藏，一想到不認識的人家裡也會擺著自己的書，好江覺得很不可思議。

她恭恭敬敬地拿了一本放在底片盒前。

「這是什麼？」加藤走向電視機。

「裡頭裝著那須美的牙齒。」

聽到好江這麼說，加藤問說能不能瞧瞧，遂打開蓋子，將像是杏仁的碎片放在掌心。

「這是那時候……」一時語塞的加藤由香里忍不住痛哭。好江這才發現原來她對那須美也懷著某種情感。

淚流不止的加藤用手帕擦拭臉頰，哽咽地問：「可以給我一個嗎？」

第一次有人想要這東西。怎麼說呢？有個人和自己一樣珍視那須美留下來的牙齒，這對好江來說是多麼匪夷所思的事。

「小一點的也沒關係。」

加藤由香里這麼說，用被淚水濡濕的手帕小心翼翼地包著牙齒碎片。那是一條玫瑰花樣的手帕，看起來就像用棉被還是什麼東西溫柔包裹著那須美。

加藤走訪好幾處地方，找到一家願意提供場地舉辦簽書會的書店。好江從沒想過這世上竟然會有人想要自己的簽名，看來部落格受歡迎一事是真的，現場已經有八十幾個人在排隊。

好江起初很擔心自己的簽名不好看，一直不是很滿意，不過簽到第十個人時，已經逐漸習慣，也能面帶笑容地和讀者握手。就在她親切詢問讀者的名字，寫上對方的名字、簽名、加上日期，順暢進行一連串動作時，

「貴姓大名？」好江頭也沒抬地問。

「那須美。」對方低聲回道。

好江不由得抬頭，面前真的站著抱著書的那須美，就是那天晚上

兩人暢飲道別時，對好江說「我會好好的」那個那須美。

好江激動的無法言語，只能滿懷謝意地邊寫上「致那須美」，邊想著一輩子都不會忘了這麼奇怪的名字。她簽了名，寫上日期，將書遞給那須美時，

「妳太膽小了。」

那須美接過，笑著這麼說，隨卽消失在人群中。好江想追上去，卻沒辦法，因爲站在隊伍最前面的自己才剛開始做自己該做的事，那就是不要絕望，勇敢活下去。

「所以囉，是死是活沒那麼重要啦！」

好江一邊聽著那須美這麼說，一邊繼續在翻開的書頁上簽名。

第13話

小光聽到今天的回家作業是「家族的祕密」，覺得班導家林簡直把大家當八歲小孩耍。要是可以說的話，還叫祕密嗎？

「這種作業隨便寫寫就可以啦！」好友小唉說。

「怎麼隨便寫？」

「就像我媽說她體重五十六公斤，其實是六十二公斤囉。」

「真的可以這樣嗎？」

「可以啊！反正這種事不必實事求是嘛！」

小咲最近的口頭禪就是「實事求是」。

「是喔。體重啊……」

「體重不行啦！我要寫。」

「蛤？那我要寫什麼？」

「體脂肪之類呢？」

「體脂肪啊……」

「不然就是尿酸值。」

「什麼是尿酸值？」

「我也不知道，好像上升就不太妙。」

小光怕忘記似的一直反覆唸著尿酸值、尿酸值。小光每次在家裡亂用學到的新詞彙，母親愛子都覺得很有趣。

小光的新詞彙大抵都是小唉教的，她覺得這位朋友的嘴巴就像商店街的抽獎箱，一轉就會掉出一顆球，要是想再拿一個就得再轉一次，節奏明快地讓小光百聽不厭。

每次問笑子婆婆：「要洗澡嗎？」她會「嗯～～」地開始思索，連動作也跟著暫停。小光只好先去做別的事，結果回來一看，姿勢還是和剛才一樣的笑子婆婆竟然睡著了。

小光希望她的生活節奏能稍微快一點，但父親日出男說人一旦上了年紀，對於時間的感受會變得不太一樣。小光心想：「這是怎麼回事呢？」明明每個人擁有的時間都一樣多，但有人覺得長，有人覺得短，還真是不可思議。

日出男說：「就像玩遊戲的時候會覺得時間過得特別快，可是看牙醫時，卻覺得時間特別慢。就是這意思囉。」

「眞的耶！」小光驚呼。

坐在一旁看報紙的鷹子摘下眼鏡說：「人的一生啊！也是因人而異吧。」

「就像那須美四十三歲過世，我們覺得她走得早，但她也許覺得自己活得和別人一樣長吧。」鷹子又說。

「那須美常說她比別人活了五倍長。」日出男頷首說道。

小光常聽到「那須美」這名字，但不曉得她是個什麼樣的人；還有，她也不清楚鷹子的事，雖然兩人都是伯母，但母親愛子曾說：「嚴格來說，有點不一樣吧。」小光覺得「嚴格來說」這句話和小唉說的「實事求是」意思一樣。

這世上有許多「因爲很麻煩，所以就先這樣吧」的事，然後挖掘這些事時就要講求「嚴格」、「眞實」的樣子。

小光覺得或許這就是家族的祕密，所以她想今天問問母親，徹底弄清楚這問題，因爲比起體脂肪，這問題更像祕密。

母親坐在收銀機前織毛衣，好像是用翡翠綠毛線織上衣的樣子，但織得很粗糙就是了。小光暗暗祈禱這件毛衣不要完成。

一旦錯過這時機，母親之後就要開始摺洗乾淨衣物，然後準備晚餐、餐後收拾、拿著收據記帳、做做伸展操、洗澡、清掃浴室，如怒濤般忙碌不已。

「媽，我想問關於那須美的事。」

小光只看過那須美的照片。因爲她一直沒變老，所以小光一直都叫她那須美。

「什麼事？」

母親一邊數幾針，一邊回應。

「那須美是我的伯母嗎？」

母親專注地織著。

「算是吧。」

「那如果那須美還活著的話，我可以叫她那須美伯母嗎？」

「這樣小光就不會來這世上了。」母親一派理所當然的口吻。

小光驚怔住，不明白這到底是怎麼回事，母親卻依舊平心靜氣地織著毛衣。不敢再問下去的小光只好怯怯地走開。

小光躲在倉庫堆積如山的紙箱之間，雙手抱膝地坐著，望著天花板。只有這裡的電燈還是日光燈，牆上貼著大概是小光出生前就有的啤酒海報，上頭還有蛾在漫步。

「這樣小光就不會來這世上了。」母親說。

小光實在無法想像自己不會來到這世上的情況。也就是說，就算自己不在，大家也無所謂嗎？沒事似的吃飯、工作，眞的會這樣嗎？小光突然想到。不，當然會。因爲那須美也是突然從大家面前消失，但大家還是一如往常地吃飯、工作、談笑，不是嗎？

好比父親是在那須美去世後，才和母親結婚。小光一想到此就很害怕，因爲她知道那須美還活著，自己就不會來這世上的意思。莫非鷹子伯母每次看到我，就想起死去的那須美？還有我吃著硬是要求笑子婆婆做的巧克力脆片、爆米花，大讚好吃時，就覺得我是託那須美的福？

小光窺看店那邊，母親正和客人談笑風生，日出男走過去，不曉得說了什麼，大家笑得更大聲了。小光覺得自己好像看到什麼很可怕的東西，趕緊縮回紙箱之間的縫隙處。

有隻蛾死在小光面前。抬頭一瞧，同樣花色的蛾還在海報上遊走。明明看起來是一模一樣的蛾，一隻還活著，一隻卻死了。

小光心想：「這有什麼差別呢？」就在這時，她察覺從喉嚨深處傳來聲音。

「因爲棲宿著什麼呀！」那聲音這麼說。

意思是活著的一方棲宿著什麼，死去的一方沒有棲宿著什麼嗎？小光抬頭等待答案，卻無人回應。

晚餐時間到了，並沒看到笑子婆婆。只見日出男開玩笑地說：「她該不會蒙主寵召吧？」

母親也邊咯咯笑，邊端來美味的壽司。小光笑不出來，要是昨天的話，也許會一起笑，但今天的她突然覺得死亡一事好沉重。

「妳去叫一下婆婆。」母親說。

討厭啦！要是真的死了的話，怎麼辦？小光邊想，邊站起來。

從笑子婆婆的房間傳來電視節目的聲音，房裡卻沒人。桌上擺著吃了一半的仙貝和茶杯，小光瞬間有種婆婆真的不在了的複雜心情。

窺看一眼洗手間，太陽已經下山，裡頭一片昏暗，沒看到笑子婆婆。牙膏和漱口杯依舊靜靜地擺在原處，這光景反而讓小光有股不祥的預感。

突然從廚房傳來笑子婆婆的聲音，「啊！鑽鑽鑽～」

小光趕緊衝過去，瞧見笑子婆婆仰躺在地，指著天花板，呻吟著。小光看向婆婆指的方向，卻什麼也沒瞧見。

「鑽鑽鑽、鑽石啊！」

笑子婆婆總算吐出這句話，努力掙扎著爬起來。這次她雙手抱頭，像狗兒般一邊繞著柱子轉圈，一邊喊：「不見了！不見了！鑽石不見了！」整個人又蹲在地上。

笑子婆婆看著電視節目，突然想到家裡的鑽石。

「我們家有鑽石嗎？」

小光很驚訝。母親、父親和鷹子也知道這件事。廚房的柱子上方畫了個眼睛的圖案，嵌著像是眼瞳的鑽石。那是那須美叫笑子婆婆弄的。

「那須美說她要是死了的話，會從那裡窺看我們。」

笑子婆婆喝茶時，想起鑽石不見一事，哇的一聲趴在桌上。

「不是婆婆的錯啦！那東西大概很早就不見了。」鷹子說，笑子婆婆哽咽地問：「什麼時候？」

「大概三年前吧。」

日出男聽到鷹子這麼說，不服氣地反駁，「不對喔。我五年前就發現它不見了。」

「不會吧？這麼早就不見啦？」

「嗯，我換掛鐘時發現的。想說怪了，那東西怎麼不見了。」

「是喔。」

愛子聽到兩人的對話，怯怯地說：「應該還要更早吧。」

被大家盯著看的愛子先說了句「對不起」，接著才說：「我不是爲了生這孩子而住院嗎？我記得那天鑽石還在，因爲我向嵌在柱子上的鑽石說了一聲：『我走了。』像是在向那須美報告。那時確實還在，可是我回來後，想說給這孩子看一下那顆鑽石，卻發現它不見了。」

大家紛紛看向小光。沐浴在衆人目光下的她心跳加劇，心想是因爲我的緣故嗎？

「對不起，也許是因爲我的關係，鑽石才會不見。」愛子快要哭出來似的說。

「怎麼可能是因爲妳的關係。」鷹子說。

「可能是那須美姐不想看到吧。」

「不想看到什麼？」

愛子沉默半晌後，下定決心似地說：「因爲我生了孩子。」

愛子有種終於一吐爲快的感覺，隨即像怕被誰奪走般緊緊抱住小光。

「也許這是那須美姐最介意的事吧。」愛子看著小光，這麼說。

那須美想做的事就是再活久一點，生小孩，看著小孩在家裡四處跑，然後大吼：「不要太過分喔！」愛子終於說出心裡的話。

這和小光今天在倉庫想的事一樣。原來母親好幾年前就和小光想著同樣的事，大概從小光出生前就在想吧。

小光上幼稚園時，某天愛子開車去送貨，回程時去接小光。愛子開著開著，突然停車。從車前窗可以看到富士山，愛子默默望著巍峨高山好長一段時間，長到連雲朵的色彩和形狀都逐漸變化。

小光害怕地看著一動也不動的母親，不禁握住她那冰冷的手。愛子突然回神似的說：「對不起。」

小光覺得這句話並非對她說，因爲愛子的眼睛彷彿望向她身後。

「小愛，沒這回事。」鷹子挨近愛子身邊，說道。

「妳幫那須美做了她沒辦法做的事，她一定很感謝妳。」鷹子用最眞摯的口吻勸慰愛子。

「要是鑽石的話，笑子婆婆的貼法也太草率了吧。八成是用米粒還是什麼的貼上去的？是吧？」

日出男似乎想用老招數惹惱笑子，然後博衆人一笑，試圖消弭尷尬氣氛。沒想到笑子用非常懇切認眞的聲音，說：「如果鑽石變成光呢？」一邊撫著小光的臉頰，這麼喃喃自語。

鷹子聽到這番話，感觸良深似的緊抱著小光。她那剛才在剝桃子的手有股甜甜的香氣，力道卻大到讓小光快喘不過氣。

「沒錯！鑽石變成小光，來到我們家。今後不管是那須美還是死去的爸爸、媽媽，他們都透過小光的眼睛看顧著我們。」

這麼說的鷹子總算鬆開緊抱著小光的雙手。

笑子婆婆張開雙手，也想擁抱小光。奇怪的是，她的手臂皮膚看起來很粗糙，一碰觸又很像入口卽化的牛奶糖般滑滑的。

「謝謝妳來到這世上。」笑子婆婆抱著小光搖來搖去地說。

「我出生是好事嗎？」

小光回頭問。眾人齊聲笑著說：「這還用問嗎？當然啦！」

父親、母親也擁抱小光，接著又被笑子婆婆抱了一次。大家身上的氣味都不一樣，也有著不同的柔和感，但一樣溫柔。小光思索著這該怎麼形容呢？

「這叫『祝福』唷。」從喉嚨深處又傳來在倉庫聽到的聲音。

「因爲棲宿著什麼，所以得到祝福囉。」

棲宿著什麼啊？小光試著在心中這麼問。

「就是生命呀！」

那天晚上，小光去倉庫，發現地板上還躺著白天看到的那隻死蛾。她尋找棲宿著生命的那一隻，發現牠還在，而且緊緊地趴在牆上。小光伸手碰觸蛾的翅膀，牠卻一動也不動，又試著碰觸一次，牠才慢吞吞地往上爬。

雖然小光不明白是怎麼回事，但她覺得小蟲子的身體裡一定棲宿著什麼，而且自己的體內也棲宿著那東西，大概蛾和自己的體內棲宿著同樣的東西吧。然後總有一天，棲宿在這隻蛾和自己體內的東西也會離去。

小光覺得這不是誰的錯，也不是誰的決定，只是來了又去，就像那須美離開這個家，而我來到這個家；就像去圖書館借書，再還書這種感覺吧。圖書館裡的書本來就不屬於任何人，但只要借來看，就屬於那個人的。生命和重生就是這麼回事吧。

小光的回家作業寫了嵌在廚房柱子上的鑽石一事，因爲她覺得鑽石本身就充滿祕密。其實她原本想寫被家人擁抱時的氣味與感觸，卻又覺得這種事很難理解，就算說給小咲聽，她也不見得懂，只好作罷。

埋首寫作業的小光突然發現這世上原來有著只有自己才懂的事，頓時覺得很落寞，不過這種事雖然讓人覺得很落寞，卻是不折不扣的寶物。

明天見到小咲時，我要跟她說我們就像圖書館裡的書。小咲聽到我這麼說時，會露出什麼表情？又會有什麼樣的反應？啊，這也是我的寶物呢。

第14話

小光瞧見有個白色十字架在一片蔚藍晴空中緩緩地朝山頂移動，看起來像十字架的東西其實是飛機。明知不可能是這樣，還是想像十字架載著小咲。

坐在那裡的小咲看到的我是什麼樣子呢？也許是穿著黑色連身洋裝，像隻螞蟻般獨自走在櫻花盛開的河邊吧。沒錯，一定是隻看起來很寂寞的老婆婆螞蟻。小光一想到小咲可能看到的是這樣的自己，不自覺地稍稍挺直背脊。

小咲的喪禮會場也盛開著染吉野櫻，用毛筆寫的「咲子」看起來像在微笑。小咲的孫子們用吉他和曼陀鈴的合奏送別她。多麼美好的一場喪禮啊！小光在心中低語。可是啊，六十三歲就走了，太早了啦！小咲。

兩人都結了婚，因爲住的地方相距有點遠，所以幾乎碰不到什麼面。如今一個還活著，一個卻不在了。人生截然不同。

那是什麼時候的事呢？電視在播一部關於遭遇山難之人的紀錄片，碰巧小咲也看了。隔天兩人在學校一直聊這節目。

「要是我的話，也會那麼說吧。」小哄說。

小光也一樣。

有兩名女子受困山中，體力流失的她們愈來愈虛弱；縱使如此，兩人還是互相激勵，掙扎求生，無奈其中一位快撐不住了，幾乎無法行動。隨著天候愈來愈惡劣，這名虛弱的女子對同伴說：「不要管我了。妳快走吧！」同行的夥伴只好獨自下山（記得那時小哄喃喃自語：「這也是沒辦法的事啊！」）。

雖然獲救的女子很平靜地說出當時情形，但小哄和小光都好感動。走在回家路上的兩人想像她是抱著什麼樣的心情獨自下山，不由得難過流淚。

小光停下腳步，打開手上的黑包包翻找著。太好了。鑽石還在。那是向小唉借來的鑽石。本來想在喪禮舉行前，將這顆鑽石還給她女兒，但她女兒看到這顆鑽石時，「哦～是這個啊！」好像想起什麼似的說。

「這是我爸偷吃時，向我媽賠罪的東西。」

小唉的女兒頻頻看著這顆鑽石，又看向站在稍遠處的父親。小唉的老公神色哀戚，不斷用手帕拭淚，頻頻歪頭、淚如雨下的模樣，這種非出於本意的感傷行爲還眞是令人匪夷所思啊！

「我媽曾跟我說，這顆鑽石就送給小光阿姨吧。」

小唉的女兒將鑽石還給小光。

雖說如此，小光還是不敢收下如此昂貴的東西。

「我媽常說，不管是嫉妒還是虛榮，討厭的情感再怎麼隱藏也不會消失。對我媽來說，這東西只會讓她想起不愉快的事，所以她希望這顆鑽石能變成受到小光祝福的東西。」

「可是妳母親已經過世了。」

「她說人就算去了另一個世界，嫉妒、虛榮的情感還是殘存著。她不想留下這種東西讓我們承受，所以請小光阿姨拿去吧。」

於是，小光又帶著這顆鑽石回家。

那是小咲和小光剛過四十歲時的事。小咲的老公搞婚外情，氣憤不已的她要求出軌的另一半買鑽戒給她，結果她先生真的照辦，但小咲說她看到這顆鑽石就有氣。

「其實我根本不想要這東西。只是想試探他會不會買給我罷了。我真的很差勁。」小咲說。

這起出軌風波過了約莫三年後，小咲說自己已經厭倦這種滿是妒意的心情，她邀小光一起去九州來個三天兩夜的溫泉之旅，說這趟旅費是用賣掉鑽戒換來的錢。

但是兩人在旅館大啖鯉魚生魚片時，小咲從裝巧克力的盒子取出一顆鑽石，說她賣掉的是白金戒臺，然後將鑽石遞給小光，叫她跟愛子伯母說找到鑽石了。明明是小學時候的事，小光很詫異好友居然還記得。

雖然小光頻頻婉拒，但小咲堅稱「唯有讓這顆鑽石去能得到祝福的地方，才能拯救我」。

爲何好友會這麼說呢？其實小光也不明白，她只知道小咲的眼神很認眞，只好勉爲其難收下，答應保管到母親去世爲止，沒想到小咲竟然先走一步。

當她將找到鑽石一事告訴母親愛子時，母親開心的模樣超乎她的想像，頓時讓小光覺得好友果然料事如神，萬萬沒想到找到鑽石一事會讓母親歡喜成這樣。

當小光用三秒膠將鑽石嵌在廚房柱子上的眼睛圖案正中央時，愛子一臉欣慰地抬頭望著說：「看來人生沒有什麼是無法挽回的呢！」

原本的店面作爲咖啡館保留下來，有時也會租借給別人拍電影之類的，但主屋因爲老舊毀損，所以整個改建。房子要改建的前一天，愛子做的第一件事就是取下嵌在柱子上的鑽石，放進圓筒造型的白色首飾盒。愛子說這是很久以前的首飾盒，她小時候就已經沒有這種盒子了，古董店裡一個要賣二千五百日圓，於是她決定買下，從此就一直帶在身邊。

愛子現在住在山上的老人照護中心，睡眠時間變長了，所以每次去探望時，她總是躺在床上。當小光聽聞好友過世時，遂偷偷帶走放在母親枕邊的首飾盒。雖說對母親很抱歉，也只能謊稱又不見了。不過，或許也不用這麼說了。因爲母親就連找東西的氣力都沒有。

小光本想先回家一趟，但嫌麻煩的她決定穿著喪服直接去照護中心，將小咲的鑽石放回原處。

有高速電梯從車站直達山頂，走山路要花上四十五分鐘的距離一下子就到了。

走進房間一瞧，愛子果然還在睡，頭上戴著像是安全帽的裝置。這間照護中心提供可以夢到想夢見事物的機器。

小光窺看放在愛子枕邊的電腦，看來她好像做著與那須美相遇時的夢，其他還有「小光小時候」的夢，要是年輕時候的小光肯定不明白母親爲何還要回味那段辛苦時光，但現在的她能夠理解。這兩段是愛子最喜歡的夢境。小光打開擺在枕邊的盒子，再將裝著鑽石的首飾盒放回原處。

「還活著。」

愛子說夢話，聲音卻清楚的不像在睡覺，說完後的她繼續愉快沉睡著。

母親夢到什麼？想必這個夢對母親來說，很重要吧。不管是眞是假都沒關係，是吧？比起這些事，現在過得如何可是重要多了。因爲如同愛子的那句夢話，我們「還活著」。

小光回去時沒有搭乘高速電梯，而是借穿母親的球鞋，慢慢走下山。爲什麼呢？因爲她想像現在留在山上的不是母親，而是小咲，現在慢慢走下山的她不禁流下和十幾歲那時一樣的眼淚。

啊，對了。那時，我就是想像這樣的日子而落淚，因爲有一方不在了。想像這種痛楚。

我可以哭，對吧？小光試著出聲對好友這麼說。因爲我正在下山，所以可以哭，對吧？回家後，我還得帶著孫子去游泳，所以現在可以盡情哭，對吧？總有一天，無論是母親愛子、那顆鑽石、還是現在變成咖啡館的商店，就連等會兒要去的游泳池、孫子，也會有消失不見的一天。還有，心想絕對不能失去的不好預感、坦率歡喜的心情、懊悔的心情、竭盡全力的心情等，活在這世上人們的各種心情也會逐漸消失吧。

明明四月的綠是如此新鮮嬌嫩，小咲卻不在了。

小光一直走著，直到能將這件事視爲理所當然，心想無論經過多少年，自己還是會繼續下山。

さざなみのよる

漣漪的夜晚

作　　者　木皿泉
譯　　者　楊明綺
發 行 人　林隆奮 Frank Lin
社　　長　蘇國林 Green Su

出版團隊
總 編 輯　葉怡慧 Carol Yeh
日文主編　許世璇 Kylie Hsu
企劃編輯　許芳菁 Carolyn Hsu
責任行銷　朱韻淑 Vina Ju
封面裝幀　許晉維 Jin We Hsu
版面構成　張語辰 Chang Chen

行銷統籌
業務處長　吳宗庭 Tim Wu
業務主任　蘇倍生 Benson Su
業務專員　鍾依娟 Irina Chung
業務秘書　陳曉琪 Angel Chen
　　　　　莊皓雯 Gia Chuang
行銷主任　朱韻淑 Vina Ju

發行公司　精誠資訊股份有限公司
　　　　　悅知文化
　　　　　105台北市松山區復興北路99號12樓
訂購專線　(02) 2719-8811
訂購傳真　(02) 2719-7980
專屬網址　http : //www.delightpress.com.tw
悅知客服　cs@delightpress.com.tw
ISBN : 978-986-510-102-2
建議售價　新台幣360元
首版一刷　2020年10月
　十三刷　2024年03月

著作權聲明

本書之封面、內文、編排等著作權或其他智慧財產權，均歸精誠資訊股份有限公司所有，或授權精誠資訊股份有限公司為合法權利使用人，未經書面授權同意，不得以任何形式轉載、複製、引用於任何平面或電子網路。

商標聲明

書中所引用之商標及產品名稱，分屬於其原合法註冊公司所有，使用者未取得書面許可，不得以任何形式予以變更、重製、出版、轉載、散佈或傳播，違者依法追究責任

國家圖書館出版品預行編目(CIP)資料

漣漪的夜晚／木皿泉著；楊明綺譯. -- 初版. -- 臺北市：精誠資訊,2020.10
面；　公分
ISBN 978-986-510-102-2（平裝）

861.57　　　109013456

SAZANAMI NO YORU by Izumi Kizara
Copyright ©2018 Izumi Kizara
All rights reserved.
Original Japanese edition published by KAWADE SHOBOSHINSHA Ltd. Publishers.
This Complex Chinese edition is published by arrangement with KAWADE SHOBOSHINSHA Ltd. Publishers, Tokyo in care of Tuttle-Mori Agency, Inc., Tokyo through Future View Technology Ltd.,Taipei .

版權所有　翻印必究

本書若有缺頁、破損或裝訂錯誤，請寄回更換
Printed in Taiwan

悅知文化 Delight Press

線上讀者問卷

悅知夥伴們有好多個為什麼，
想請購買這本書的您來解答，
以提供我們關於閱讀的寶貴建議。

請拿出手機掃描以下 QRcode
或輸入以下網址，即可連結至本書讀者問卷

https://bit.ly/35eCEzN

填寫完成後，按下「提交」送出表單，
我們就會收到您所填寫的內容，
謝謝撥空分享，
期待在下本書與您相遇。